René Sommer

Der schlafende Löwe

Zuletzt erschienen (edition jeu-littéraire):

Das Popcorn und die Vögel. Kurzgeschichten. ISBN: 978-3-7448-6475-6

Woanderswoher. Roman. ISBN: 978-3-7460-8082-6

Das Mädchen mit rotem Hut. Kurzgeschichten. ISBN: 978-3-7528-1413-2

Play Huch. Gedichte. ISBN: 978-3-7528-2037-9

Das avocadogrüne Känguru. Kurzgeschichten. ISBN: 978-3-7481-3002-4

Alldadarin. Roman. ISBN: 978-3-7481-5764-9

Der Wal heißt Beethoven. Kurzgeschichten. ISBN: 978-3-7494-4962-0

Eine Frage der Libelle. Gedichte. ISBN: 978-3-7412-9958-2

René Sommer

Der schlafende Löwe

Kurzgeschichten

Bibliografische Information der Deutschen Nationalbibliothek:
Die Deutsche Nationalbibliothek verzeichnet diese
Publikation in der Deutschen Nationalbibliografie;
detaillierte bibliografische Daten sind im Internet über
http://dnb.dnb.de abrufbar.

Editor Factory: ib-lyric (edition jeu-littéraire 1/5)
Author Photo: Erika Koller
Cover Image: Itta Beaux

Herstellung und Verlag:
BoD – Books on Demand, Norderstedt

ISBN: 978-3-7504-0301-7

Inhalt

Die Kamera auf der Straße

Eine schier endlose Landstraße fällt ins kleine Dorf ein.
Die Sonne scheint.
Johann Sebastian Huch fährt sich mit dem Handrücken
über die Stirn.
Ein Haus leuchtet an der anderen Straßenseite. Riesengroß
wirbt eine Schrift über der Jalousie für „Huch".
Eine Frau durchschreitet das Dorf mit festem, schnellem
Schritt.

- Hallo, ich bin Linnea Riel.

Sie trägt himbeerrote Pluderhosen.
- Das Dorf lebt von Schriften.
Huch steht von einem Bein aufs andere.
- Manchmal sind auch Bilder an die Fassade gemalt.
Linnea streckt lächelnd den Kopf weit vor.
- Du siehst sehr unbekümmert aus.
Er zieht eine Augenbraue in die Höhe.
- Ich hoffe, das gefällt dir.
Sie schenkt ihm einen aufmunternden Blick.
- Du kannst doch tanzen, oder?
Ein Mann trippelt durchs Dorf.

- Hallo, ich bin Nathan Osorio.

Er trägt eine weiße Perücke.

- Manchmal tanze und manchmal hüpfe ich, weil ich Bewegung liebe.

Linnea wippt mit einem Bein.

- Könnten wir einen Tanz machen?

Osorio reibt sich an der Nase.

- Ich bin auf Musik angewiesen.

Sie wirft die Haare zurück.

- Sicher hat es in jedem Haus ein oder 2 Musikinstrumente.

Er hebt leicht die Nase.

- Ich bin es gewohnt, dass jemand aufspielt.

Eine Frau kommt wieselflink herbei.

- Hallo, ich bin Amila Montane.

Sie trägt ein knallgelbes Tutu und bringt einen Geigenkoffer.

- Schön, dass ich euch treffe!

Linnea setzt ein strahlendes Lächeln auf.

- Du bist genau die Frau, die wir erwartet haben.

Amila wackelt mit den Hüften.

- Ich werde mir Mühe geben, euren Erwartungen zu entsprechen.

Osorio betrachtet sie von oben bis unten.

- Kannst du Geige spielen?

Amila richtet den Blick gegen den Himmel.

- Eigentlich nicht. Gelegentlich vergessen oder verlieren die Menschen ihre Geige. Dann borge ich ihnen meine aus.

Linnea schließt halb die Lider.

- Du bist liebenswürdig! Das könnte jedem passieren.

Osorio blickt mit zusammengekniffenen Augen in die Runde.

- Wir müssen herausfinden, wer Geige spielen kann.

Amila fragt Huch mit einem charmanten Augenzwinkern.

- Was spielst du?

Ein Mann läuft freudestrahlend auf sie zu.

- Hallo, ich bin Leonardo Gliss.

Er trägt Anzug und Krawatte.

- Ich bin ein aktiver Mensch.

Linnea berührt seinen Arm.

- Was ist dein Lieblingsinstrument?

Gliss stellt sich auf die Zehenspitzen.

- Die Geige.

Osorio tätschelt ihm liebevoll die Hand.

- Amila hat eine.

Sie öffnet den Koffer.

- Wahrscheinlich möchtest du sie sehen.

Gliss nimmt die Geige und den Bogen heraus.

- Ich weiß nicht, was von nun an zu tun ist.

Linnea spreizt die Beine.

- Atme ein und halte den Atem an.

Osorio hebt das Kinn.

- Atme aus und schnaufe wieder durch.

Amila legt den Geigenkoffer auf die Straße.

- Du siehst gut aus.

Gliss brummt zufrieden.

- Danke! Und was muss ich jetzt machen?

Linnea winkelt die Ellbogen in verschiedene Richtungen.

- Wir würden dich gern fotografieren.

Osorio blickt umher.

- Wir brauchen eine Kamera.

Amila hält sich die Hand vor den Mund.

- Du gefällst uns.

Gliss zuckt mit den Augenbrauen.

- Es muss an der Geige liegen. Sie ist das beste Instrument, das ich je in der Hand hielt.

Eine Frau hüpft durchs Dorf.

- Hallo, ich bin Samira Padrone.

Sie trägt eine admiralblau geblümte Kittelschürze und bringt eine Kamera.

- Ihr seid ein Team. Das fällt mir sofort ins Auge.

Linnea lässt den Blick unverwandt auf ihr ruhen.

- Du bist schön.

Osorio winkt ihr zu.

- Wir sollten zuerst dich fotografieren.

Amila legt Huch von hinten den Arm auf die Schulter.

- Wer bedient die Kamera?

Gliss lächelt ihm aufmunternd zu.

- Das könntest du übernehmen.

Ein Mann eilt federnden Schrittes herbei.

- Hallo, ich bin Jonte Hogg.

Er trägt ein Matrosenhemd.

- Ich fotografiere leidenschaftlich gern.

Samira sieht ihm in die Augen.

- Nimm meine Kamera!

Hogg dreht und wendet den Fotoapparat in seinen Händen.

- Ich weiß nicht, welchen Knopf ich drücken soll.

Sie schiebt den Kopf vor.

- Der Auslöser ist rechts oben.

Linnea reckt die Finger wie Antennen empor.

- Wir hätten gern ein Bild von Samira.

Er späht in den Monitor.

- Wer ist Samira?

Osorio ruft mit heller Stimme.

- Deine Frage ist verständlich.

Amila schlägt sich auf die Schenkel.

- Wir haben sie dir leider noch gar nicht vorgestellt.

Gliss flüstert ihm ins Ohr.

- Sie steht vor dir.

Samira senkt die Lider.

- Ich bin's.

Hogg richtet die Kamera auf sie.

- Soll ich dich samt deinem Schatten aufnehmen?

Sie guckt über die Schulter.

- Nein, lieber mit dem ganzen Team.

Linnea wirft einen Blick in die Runde.

- Ich vermute, das wird ein glückliches Bild.

Osorio rückt näher.

- Ich freue mich darauf.

Amalia gesellt sich zu ihnen.

- Wir machen nichts, außer zusammenzustehen.

Gliss stellt sich bedächtig ein.

- Ich finde, wir sind ein gut organisiertes Team.

Samira schaut Huch an, deutet auf den freien Raum neben ihr.

- Warum stehst du abseits?

Huch schlägt die Augen auf.

- Ich möchte mich entschuldigen, wusste nicht, dass ich dazu gehöre.

Hogg schiebt die Schulter ein bisschen nach hinten.

- Wenn ich dir zuhöre, komme ich mir selber ein bisschen einsam hinter der Kamera vor.

Eine Frau läuft auf der Landstraße.

- Hallo, ich bin Rieke Coppi.

Sie trägt einen mit Postkutschen bedruckten Rock und bringt ein Stativ.

- Willst du es aufstellen?

Er nimmt das Stativ.

- Ja gern. Das wäre ein Ausweg.

Linnea schraubt die Kamera darauf.

- Sobald ich fertig bin, betätigst du den Selbstauslöser.

Osorio zeigt einladend auf die Gruppe.

- Daher! Alle müssen aufs Bild.

Amila reckt das Kinn hoch.

- Mit dem Selbstauslöser schaffen wir es.

Gliss steht wie ein Reiher auf einem Bein.

- Von jetzt an sind wir ein großes Team.

Samira bewegt sich tänzerisch um Huch.

- Ich bin überzeugt, dass wir zusammen viel erreichen.

Hogg stellt den Selbstauslöser ein, gliedert sich in die

Gruppe ein.

- Ich bin sicher, dass die Aufnahme gelingt.

Rieke reiht sich ein.

- Ihr seid meine Freunde!

Die Kamera klickt.

Linnea lässt die Arme kreisen.

- Unser Traum ist in Sekundenschnelle wahr geworden.

Osorio nimmt im Schneidersitz auf der Straße Platz.

- Ich danke allen.

Amila blickt Gliss an.

- Spielst du?

Er geht zum Koffer.

- Nein, ich versorge die Geige lieber.

Samira fährt mit den Fingern durch Huchs Strähnen.

- Deine Haare sind lang und wunderschön.

Ein Mann schlendert gelassen auf der Straße.

- Hallo, ich bin Jasper Etter.

Er trägt dunkelblaue Jeans.
- Wollt ihr bitte in die Kamera lächeln?

.

Was jünger macht

Der Blick gleitet über einen Kalksteinfels. Seine Spitze ist schroff und gezackt.

Huch hört Schritte.

Eine Frau schlendert auf dem Felsweg.

- Hallo, ich bin Alena Ferrantini.

Sie trägt ein flamingorotes plissiertes Kleid und bringt ein Einrad.

- Es hat nur ein Rad.

Huchs rechte Augenbraue geht hoch.

- Was wirst du damit machen?

Alena sieht ihn lang und prüfend an.

- Du könntest es ausprobieren.

Ein Mann hüpft herbei.

- Hallo, ich bin Yasin Hack.

Er trägt einen Cowboyhut.

- Ein Einrad hat mir gerade noch gefehlt. Darf ich es haben?

Sie überlässt es ihm.

- Einverstanden.

Hack setzt sich auf den Sattel.

- Ich fahre zum ersten Mal, bin aufgeregt.

Huch spannt die Schultern an.

- Möchtest du nicht zuerst auf einem ebenen Platz üben?

Hack fährt davon.

- Wieso? Bergab läuft es wie von selber.

Alena ruft ihm nach.

- Ich wünsche dir gute Fahrt.

Sie tauscht mit Huch ein Lächeln aus.

- Mir gefällt mein Kleid nicht mehr. Ich hätte gern ein anderes.

Vom Bergkamm winden sich Serpentinen. Ein blumengeschmücktes Nashorn trottet sicher Schritt für Schritt heran. Eine Frau sitzt auf seinem Rücken.

- Hallo, ich bin Celina Renk.

Sie trägt quietschbunte Strümpfe.

- Ich habe etwas für dich.

Alena stellt sich auf die Zehenspitzen.

- Es darf aber nichts Gewöhnliches sein.

Celina zieht ein Tigerkostüm aus der Satteltasche.

- Was sagst du dazu?

Alena schnappt nach Luft.

- Das würde ich gern anziehen.

Celina drückt ihr Kreuz durch.

- Folgt mir!

Sie lenkt das Nashorn zu einer Aussichtsterrasse, auf welcher ein rosa und libellengrün schillerndes Himmelbett steht.

- Verwandle dich in eine Tigerin!

Alena schlägt den Vorhang zurück.

- Wartet eine Minute!

Celina reicht ihr das Kostüm.

- Was macht es, wenn es länger dauert? Wir haben viel Zeit.

Alena verschwindet hinter dem Vorhang.

- Ich bin schnell.

Celina steigt ab, geht zu Huch.

- Ich finde ihr flamingorotes Kleid schön. Und du?

Er errät ihren Gedanken.

- Warum fragst du nicht Alena, ob sie es dir gibt?

Sie zieht die Schulter hoch.

- Ich gestehe, dass ich zu schüchtern bin.

Ein leichtes Lächeln umspielt seinen Mund.

- Mach dir keine unnötigen Probleme!

Alena teilt den Vorhang, springt im Tigerkostüm aus dem Himmelbett.

- Vielleicht werde ich im Theater auftreten.

Celina spitzt die Lippen.

- Ich sehe dich auch auf der Bühne.

Alena senkt die Wimpern.

- Was mache ich bloß mit dem roten Kleid? Ich wünschte wirklich, dass mir etwas einfällt.

Celina öffnet den Vorhang.

- Ich würde es gern anziehen, wenn du nichts dagegen hast.

Alena nimmt es vom Bett.

- Sicher nicht! Dir steht es gewiss besser als mir.

Celina schlüpft hinein.

- Meinst du? Was sagt ihr?

Bei Alenas Hand geht der Daumen hoch.

- Brillant!

Sie wirft einen Blick zu Huch herüber.

- Und du? Was sagst du? Sie hat nämlich uns beide gefragt.

Er richtet die Augen auf sie.

- Ist Rot eine deiner Lieblingsfarben?

Celina spielt mit ihren Haaren.

- Ja genau!

Sie streicht mit dem Zeigefinger über die Oberlippe.

- Wie wäre es, wenn wir 2 ins Himmelbett steigen würden?

Ein Mann tanzt über den Felsweg.

- Hallo, ich bin Finley Danilo.

Er trägt eine grelllila Jacke.

- Ich lag noch nie in einem Himmelbett.

Alena streicht über den Vorhang.

- Ich denke, es könnte dir gefallen.

Danilo hopst auf die Matratze.

- Durchaus! Es unterscheidet sich sehr von anderen Betten.

Celina wartet eine Weile, bevor sie zu sprechen anfängt.

- Die Unterschiede sind unbedeutend, haben jedoch unermessliche Auswirkungen.

Er legt sich hin.

- Ich interessiere mich am meisten fürs Schlafen.

Alena lässt die Arme schlenkern.

- Wie lange dauert dein Schlaf aller Voraussicht nach?

Danilo gähnt ständig.

- Bis ich wieder aufwache.

Celina lehnt sich gegen das Nashorn.

- Sollen wir auf dich warten?

Er stützt sich aufs Kissen.

- Was habt ihr denn vor?

Alena bewegt sich geschmeidig und gelenkig.

- Ich suche eine Bühne, möchte als Tigerin auftreten.

Celinas Interesse ist erwacht.

- Meinem Nashorn gefallen Bühnen. Wir gehen mit.

Danilo guckt Huch an.

- Und was machst du?

Huch macht eine Handbewegung in die Richtung, die er einschlagen will.

- Ich sehe mich um.

Alena berührt flüchtig, wie zufällig seine Hand.

- Komm mit uns!

Celina wirft ihm einen Blick zu.

- Du bist unser Freund geworden.

Danilo legt die Hände unter den Kopf.

- Das stimmt. Doch ich freue mich auf den Schlaf.

Alena kehrt ihr Gesicht dem Nashorn zu.

- Ist es schwierig zu reiten?

Celina schnippt mit den Fingern.

- Nein, es ist einfach. Steig auf!

Danilo schlägt die Lider nieder.

- Ich werde wahrscheinlich sehr lang ausruhen.

Alena klettert aufs Nashorn.

- Die Bühne ruft, sonst würde ich auf dich warten.

Celina winkt.

- Wir sehen uns später wieder.

Alena heftet die Augen auf Huch.

- Wir sind jetzt ein Theaterteam. Dazu zählst auch du.

Celina sieht ihn von der Seite an.

- Bist du schon einmal auf einem Nashorn geritten?

Huch hebt die Hände.

- Nein, noch nie.

Alena blickt ihn ermunternd an.

- Du wirst es unterwegs kennenlernen.

Celina steigt aufs Nashorn.

- Dann könnte es gut sein, dass du dich auf seinen Rücken setzen möchtest.

Der Weg führt der Felswand entlang ins Tal.

Die Freilichtbühne steht auf einer Wiese, von Leitern und Gerüststangen umgeben. Der Bühnenraum auf dem Podest ist schwarz ausgekleidet. Klappstühle bilden 4 Sitzreihen.

Alena springt auf die Rampe.

- Das Theater beginnt. Ich bin die Tigerprinzessin.

Celina lässt das Nashorn auf der Wiese weiden und tritt vor die Bühne.

- Was geschieht in der ersten Szene?

Alena richtet sich in Schrittstellung auf.

- Ein Prinz erscheint und gibt mir ein Geschenk.

Celina ergreift Huchs Arm.

- Willst du die Rolle spielen?

Eine Frau betritt mit resolutem Schritt die Bühne.

- Hallo, ich bin Leona Maradi.

Sie trägt das Kostüm einer pinkfarbenen Häsin mit Riesenschlappohren.

- Darf ich auftreten?

Alena breitet die Arme aus.

- Ja, das freut uns.

Celina ruft.

- Hey, du hast einen wunderbaren Rücken!

Leona buckelt.

- Ich denke, du liebst ihn.

Celina lächelt verschmitzt.

- Ja, aber ich würde dir auch gern ins Gesicht sehen.

Leona macht eine Handbewegung.

- Soll ich mich umdrehen?

Celinas Augen beginnen zu leuchten.

- Ja, das würde dich verjüngen.

Der doppelte Vornamen

Ein Fluss durchquert das Tal, strömt um eine einsame Sandbank.

Huch zieht die Schuhe aus, krempelt die Hosen hoch, watet durchs Wasser, erforscht die Bank.

Eine Frau kommt mit weit ausgreifenden Schritten ans Ufer.

- Hallo, ich bin Angelina Pantelis.

Sie trägt aquamarinblaue Leggings.
- Bist du der einzige Spaziergänger auf der Sandbank?
Huch lässt seinen Blick schweifen.
- Vorläufig. Ich sage dir Bescheid, wenn weitere eintreffen.
Angelina sieht sich um.
- Die Sandbank ist ziemlich verlassen, nicht wahr?
Er blinzelt in der Sonne.
- Ja, das könnte man so erleben.
Sie überlegt lange.
- Ist es gefährlich, durchs Wasser zu gehen?
Huch zuckt nur mit den Achseln.
- Nein, die Strömung ist ruhig, und der Fluss ist an dieser Stelle nur knöcheltief.
Angelina prescht durchs Wasser, legt die Sandalen in den Sand.
- Willst du mein Freund sein?

Ein Mann schlendert zum Ufer.

- Hallo, ich bin Marco Tan.

Er trägt eine Kapitänsmütze.
- Seid ihr glücklich?
Ein Schmunzeln gräbt sich in ihre Wangen.
- Warum sollten wir traurig sein?
Tan reibt beim Reden den linken Fuß am rechten Schienbein.
- Das wüsste ich auch nicht. Ja dann, genießt euren Aufenthalt!
Angelina hat in den Augen ein blitzendes Lachen.
- Willst du nicht rüberkommen?
Er wiegt den Kopf.
- Doch, gern! Braucht ihr etwas?
Sie streckt ein Bein in die Höhe.
- Ja, nimm eine Schaufensterpuppe mit.
Eine Frau tritt ruhig und gelassen ans Ufer.

- Hallo, ich bin Lou Unterwald.

Sie trägt ein zitronengelbes Minikleid und bringt eine Schaufensterpuppe.
- Ich kann es kaum erwarten, sie auf die Sandbank zu stellen.
Angelina spreizt die Finger ab wie kleine Flügelchen.
- Alles, was wir wollen, ist diese Sandbank beleben.
Tan bewegt sich marionettenhaft durchs Wasser.
- Es scheint, dass die Bank weitgehend leer ist.

Lou folgt ihm.

- Der Sand ist sauber.

Angelina breitet die Arme wie Flügel aus.

- Schön, dass ihr kommt! Wir sind 4 Freunde.

Tan zwinkert spitzbübisch.

- Ich würde gern mit euch ein Abenteuer erleben.

Lou tigert um Huch herum.

- Vielleicht zeigst du mir, wo ich die Schaufensterpuppe aufstellen kann.

Sein Blick gleitet über die Gruppe.

- Welchen Ort wählen wir?

Angelina hüpft.

- Wir finden ihn leicht.

Tan dreht Pirouetten.

- Das kostet uns kaum Mühe.

Lou steht breitbeinig.

- Wir sehen uns um.

Angelina schaut mal nach rechts, mal nach links und zeigt auf den Boden.

- Ich möchte sie hier aufstellen.

Tan kreist schnell um die eigene Achse.

- Ich bin froh, dass wir einen Platz gefunden haben.

Lou stellt die Schaufensterpuppe in den Sand.

- Ich denke, es ist sicher der beste.

Angelina schlägt die Hand vor den Mund.

- Auf einer Sandbank zu sein, ist ein tolles Gefühl.

Tans Augen blitzen.

- Hier lernt man seine Freunde kennen.

Lou tippt sich an die Stirn.

- Ich würde gern das Gesicht der Puppe froschgrün anmalen.

Ein Mann schreitet zum Ufer.

- Hallo, ich bin Hendrik Wimm.

Er trägt eine Lederjacke und bringt einen Farbeimer samt Pinsel.
- Darf ich ihn abstellen?
Angelina schleudert die Arme nach oben.
- Nein, trag ihn rüber!
Tan rundet den Rücken.
- Ist das deine Farbe?
Wimm durchquert den Fluss.
- Ja, sie gehört mir. Aber ich möchte sie mit euch teilen.
Lou umarmt Huch.
- Wer nimmt den Deckel ab?
Er senkt den Blick.
- Der Erste, der ihn in die Hand nimmt.
Eine Frau läuft barfuß durchs Wasser.

- Hallo, ich bin Marlena Ying.

Sie trägt ein Nachthemd.
- Ich bin in großer Eile.
Angelina lächelt freundlich und breit.
- Das sehen wir. Du fliegst geradezu über den Fluss.
Tan atmet förmlich auf.
- Du weißt wahrscheinlich, was wir vorhaben.
Marlena tritt auf die Sandbank.
- Ja, ihr wollt den Farbeimer öffnen.

Lous Mund entweicht ein spontanes Oh.

- Machst du das gern?

Marlena nimmt den Deckel ab.

- Sicher! Ich packe wirklich gern an.

Wimms Stimme schimmert seidig.

- Wir schätzen deine Freundlichkeit.

Marlena steht leicht nach vorne gebeugt.

- Ich unternehme viel, weil ich eben Freunde suche.

Angelina fällt ihr um den Hals.

- So geht es uns allen.

Tan dreht sich um die eigene Achse.

- Wir helfen einander.

Lou tunkt den Pinsel in die Farbe.

- Darf ich anfangen?

Wimm feuert sie an.

- Mach es schnell!

Marlena wischt sich eine Haarsträhne aus der Stirn.

- Was hast du vor?

Lou rührt die Farbe um.

- Ich male das Gesicht an.

Angelina neigt den Kopf zur Seite.

- Du hast einen schönen Schwung.

Tan streckt den Fuß spitz.

- Gut umrühren ist halb gemalt.

Lou trägt die Farbe sorgfältig auf, bis das Gesicht der Puppe froschgrün schimmert.

- Seid ihr zufrieden?

Wimm schaut gebannt.

- Ich habe das Gefühl, dass es sich gelohnt hat.

Marlena hängt sich bei Huch ein.

- Wie wäre es mit noch einer Schaufensterpuppe?

Ein Mann stapft durchs Wasser.

- Hallo, ich bin Diego Zapp.

Er trägt ein kürbisoranges Polohemd und bringt die zweite.

- Ich habe die Puppe unterwegs gefunden. Könnt ihr etwas damit anfangen?

Angelina breitet die Arme aus.

- Ja. Du hast genau die richtige für uns.

Tan reißt die Augen weit auf.

- Wie schön sie ist!

Lou legt den Pinsel auf den Farbeimer.

- Der Unterschied zwischen den beiden Schaufensterpuppen fällt auf.

Wimms Pupillen wandern hin und her.

- Ich bin der Meinung, dass es verschiedene geben muss, sowohl bemalte als auch blanke.

Marlena zuckt leicht die Schultern.

- Ich träume von einer mohnroten Puppe.

Zapp wählt einen Standort.

- Das kann ich verstehen. Diese Farbe gibt ein wunderbares Gefühl.

Eine Frau schreitet langsam zum Ufer.

- Hallo, ich bin Diana Hick.

Sie trägt einen samtenen Morgenmantel, bringt einen Pinsel und Farbe.

- Ihr hofft, dass ihr Mohnrot bekommt, richtig?

Angelina greift sich mit beiden Händen an den Hals.

- Ja! Es ist kaum zu glauben, dass du uns einen Eimer schenkst.

Tan flattert mit den Armen.

- Jetzt können wir weiter malen.

Lou schnipst mit den Fingernägeln.

- Komm auf die Sandbank!

Hendrik zieht anerkennend die Augenbrauen hoch.

- Ab sofort bist du Mitglied unseres Teams.

Marlena wischt sich mit dem Arm über den Mund.

- Ich mag Mohnrot.

Zapps Augen blitzen.

- Wenn du nicht weißt, wie du durchs Wasser kommst, dann helfe ich dir gern.

Diana durchquert den Fluss.

- Das ist nicht nötig. Die Sandbank ist so nah.

Sie gibt Huch den Pinsel.

- Wer malt?

Er beugt sich leicht nach vorne.

- Nach meiner Ansicht könnte es jedes Teammitglied sein.

Diana tippt ihm auf die Schulter.

- Wie heißt du?

Huch weicht einen Schritt zurück.

- Johann Sebastian.

Sie öffnet den Eimer.

- Ich möchte auch einen doppelten Vornamen haben.

Der erbsengrüne Schirm

Die Insel ragt steil aus dem Wasser auf. Möwen schwirren.
Eine Treppe führt den Klippen entlang.
Huch steigt hinab.
Eine Frau spaziert über den Strand.

- Hallo, ich bin Azra Abadi.

Sie trägt ein Paillettenkleid.
- Bewunderst du mich?
Ein Mann wandert über den feinen Sand.

- Hallo, ich bin Lionel Bark.

Er trägt eine Radlerhose.
- Du siehst bewundernswert aus.
Azra senkt den Blick.
- Danke! Hast du schon einmal probiert, in eine Schneider-
puppe zu klettern?
Bark zeigt mit dem ausgestreckten Finger auf sich.
- Bitte schau mich an! Traust du mir das zu?
Sie nestelt mit den Fingern am Saum des Kleids.
- Unbedingt! Du schaffst es.
Er dackelt in tänzerischen Zickzack-Bewegungen durch
den schneeweißen Strand.
- Du kannst auch zweifeln, wenn du willst.

Azras Blick schweift über den See.

- Nicht im Traum! Ich glaube an dich.

Sie schenkt Huch ein einladendes Lächeln.

- In unserem Team hast du fantastische Möglichkeiten.

Huch legt den Kopf in den Nacken.

- Sind wir denn ein Team?

Bark rollt sich zum Ball zusammen.

- Ganz genau! Es wäre schön, wenn du mitkommst.

Knallblau wölbt sich der Himmel über dem Wasser. In einer kleinen Bucht steht eine gigantische Schneiderpuppe mit einem gesichtslosen Kopf.

Azra berührt Barks Arme.

- Wie geht es dir, wenn du sie siehst?

Er stolpert auf die Puppe zu.

- Ich fühle mich wunderbar.

Sie schaut ihm in die Augen.

- Kannst du dir vorstellen hineinzusteigen?

Bark klettert in die Puppe.

- Warum nicht?

Azra fordert.

- Sprich ein paar Sätze!

Er ruft aus dem Bauch.

- Wer mich hören kann, hebt die Hand hoch.

Sie schiebt das rechte Bein etwas nach vorn.

- Frag mich, ob du mich küssen darfst.

Seine Stimme tönt fröhlich.

- Ich würde gern eine Frage stellen.

Azra streckt den linken Fuß lässig nach außen.

- Möglicherweise weiß ich die Antwort nicht.

Bark erwidert.

- Was passiert, wenn ich rauskomme?

Sie steht auf der Stelle, rudert mit den Armen.

- Ich warte auf dich.

Er klettert aus der Puppe.

- Wollen wir verschwinden?

Azra reckt das Kinn.

- Du scheinst ein Versteck zu kennen.

Bark läuft mit großen Schritten zum Uferweg.

- Es ist in der Nähe.

Sie streichelt Huch über das Haar.

- Ich bin fasziniert. Du auch?

Huch legt Daumen und Zeigefinger ans Kinn.

- Sagen wir es so: Sicher ist das eine gute Gelegenheit, die Insel zu erforschen.

Der Weg führt in einen Wald transparenter Vorhänge. Sie wehen an filigranen Schnüren, die zwischen farbigen Stangen ausgespannt sind.

Azra leuchtet mit ihrem Lächeln alle Schleier aus.

- Lionel ist unser unsichtbarstes Teammitglied. Und du bist das greifbarste.

Seine Schultern hängen herab.

- Für wen?

Azra stupst ihn an.

- Für mich. Du verstehst das?

Huch winkelt den Arm ab.

- Nein. Sind wir wirklich ein Team?

Ihre Stimme klingt hell.

- Ja sicher! Wir sind das Versteckteam.

Eine Frau tastet sich langsam suchend durch die Vorhänge.

- Hallo, ich bin Marita Chimelli.

Sie trägt einen ananasgelben Rock.

- Habt ihr einen Wunsch?

Bark schiebt ein paar Schleier weg und ist schnell zur Stelle.

- Ich hätte gern eine Mandoline.

Azra klappt die Augen auf.

- Ich liebe es, das Banjo zu spielen.

Marita tippt Huch auf die Schultern.

- Ich weiß nicht, ob du es mitbekommen hast. Du darfst dir etwas wünschen.

Huch zieht die Oberlippe ein.

- Ich denke nach.

Azra fasst ihn bei der Hand.

- Was hast du denn am liebsten?

Huch senkt den Blick.

- Das versuche ich herauszufinden.

Bark zieht eine Schulter hoch.

- Möchtest du ein Bild?

Marita streicht sich eine Haarsträhne aus dem Gesicht.

- Du könntest es aufhängen und anschauen.

Azra verlässt den Wald der Vorhänge.

- Vielleicht finden wir etwas am Strand, das dir gefällt.

Bark wirbelt auf der Spitze eines Fußes herum.

- Das ist gut möglich.

Marita legt die Hand auf Huchs Oberarm.

- Machen wir uns auf den Weg!

Sie führt das Team zum Strand. Steile Klippen umschließen ihn von beiden Seiten.

Marita sagt zu Huch.

- Ich bin froh, dass du mitgekommen bist, obwohl du noch keinen Wunsch geäußert hast.

Er lässt die Arme baumeln.

- Ich sehe mich um.

Ein Mann hüpft von einer Felsplatte.

- Hallo, ich bin Mike Glenn.

Er trägt eine Schuluniform, bringt einen Banjo- und einen Mandolinenkoffer.

- Sie sind für euch. Ihr habt Glück.

Azra rollt die Zunge über die Lippen.

- Ich spiele gern Banjo.

Glenn übergibt ihr den ersten Koffer.

- Dieses Instrument ist wirklich gut.

Bark streckt ihm die Hände entgegen.

- Ich spüre, dass mich die Mandoline anlächelt.

Glenn wirft ihm den zweiten Koffer zu.

- Sie fliegt zu dir.

Marita stemmt den Ellbogen raus.

- Ich kann das Warten nicht mehr aushalten.

Sie reißt das Kinn hoch.

- Packt die Instrumente aus!

Azra öffnet den Koffer.

- Das ist genau das richtige Banjo für mich.

Bark hält die Mandoline demonstrativ hoch.

- Ich fange sofort an zu spielen.

Marita fiebert vor Erregung.

- Ich möchte, dass ihr zusammen Musik macht.

Glenn fasst sich ans Herz.

- Ich denke, ihr seid ein sympathisches Duo.

Azra blickt Huch freundlich ins Gesicht.

- Ich würde gern als Trio auftreten.

Bark krümmt den Rücken wie ein Fragezeichen.

- Du bist doch in unserem Team, oder?

Huch legt die Hände an die Hosennaht.

- Ja! Wir sind gemeinsam unterwegs.

Marita federt in den Knien.

- Du brauchst ein Instrument.

Glenn wippt auf den Zehen.

- Was spielst du?

Eine Frau schreitet sehr würdig über den Strand.

- Hallo, ich bin Florentine Zach.

Sie trägt ein seerosenweißes Brautkleid und bringt einen zugerollten erbsengrünen Schirm.

- Wollt ihr meine Freunde sein?

Azra senkt den Oberkörper mit einem Lächeln auf den Lippen.

- Sehr gern!

Bark schiebt die Knie zusammen.

- Wie hast du deinen Bräutigam kennengelernt?

Florentine wippt mit der Hand.

- Das steht noch bevor.

Marita blinzelt.

- Ah, ich verstehe. Du hast erst das Brautkleid und suchst noch einen Mann.

Florentines Augen beginnen zu strahlen.

- Du hast es erraten.

Glenn drückt sein Rückgrat durch.

- Wem gehört der Schirm?

Sie betrachtet ihn aufmerksam.

- Interessierst du dich dafür?

Sein Blick schweift zu Huch.

- Ich glaube eher, dass dieser Schirm etwas für dich wäre.

Huch kreuzt die Beine.

- Wieso? Ich möchte gern wissen, wie du darauf kommst.

Azra tritt hinter Huch und fasst ihn um die Taille.

- Wenn du dich mit Florentine darunter stellst, seht ihr wie 2 Erbsen in einer Schote aus.

Die Fuchsmaske

Über alte Steinplatten führt der Pfad durch einen Bambus-
hain und Föhrenwald zu einem kleinen Pavillon.
Huch sieht am Pfosten einen Zettel kleben. Darauf steht.
- Wenn du kommst, bin ich für dich da.
Huch spreizt die Arme ab.
Eine Frau hastet durch den Park.

- Hallo, ich bin Enya Pirro.

Sie trägt einen Sonnenhut.
- Darf ich dir eine Frage stellen?
Huch stopft die Hände in die Hosentaschen.
- Nur zu!
Enya guckt nach rechts und nach links.
- Gehst du auf dem richtigen oder dem falschen Weg?
Ein Mann läuft auf dem Pfad.

- Hallo, ich bin Viktor Discher.

Er trägt eine olivgrüne Jacke.
- Ich sammle Autogramme.
Enya setzt ein breites Lächeln auf.
- Hast du etwas zum Schreiben?
Discher reibt seinen Zeigefinger rund um die Nase.
- Jetzt wird mir bewusst, was fehlt.

39

Eine Frau bewegt sich leichtfüßig.

- Hallo, ich bin Valeria Marini.

Sie trägt ein Rosenshirt, bringt einen Stift und 2 Schreibkarten.
- Jede Handschrift ist besonders.
Enya setzt die Unterschrift auf eine Karte.
- Ich passe auf, dass ich den Punkt auf dem I nicht vergesse.
Sie richtet den Blick auf Discher.
- Würden dir auch vorgedruckte Autogrammkarten gefallen?
Er nickt anerkennend.
- Ja. Aber ich liebe die Art, wie du schreibst.
Valeria hebt freundlich die Hand und winkt Huch.
- Jetzt bist du dran. Sei so freundlich!
Ein Mann taucht hinter den Blättern eines Strauchs auf.

- Hallo, ich bin Edgar Rank.

Er trägt ein bananengelbes T-Shirt.
- Ist es erlaubt, ein Autogramm zu geben?
Enya hebt mit durchgedrücktem Rücken den Kopf.
- Ja sicher! Es gibt 2 wichtige Gründe.
Discher streckt und dehnt sich.
- Du kommst gerade rechtzeitig.
Valeria wölbt die Lippen nach vorn.
- Und du willst unterschreiben.
Rank ergreift den Stift.

- So ist das mit mir. Ich muss immer etwas unternehmen.

Enya fragt mit plötzlich aufblitzendem Lächeln.

- Und was ist dein am besten gehütetes Geheimnis?

Sein Kopf fährt herum zu ihr.

- Ich liebe dich.

Sie spreizt das Bein tänzerisch.

- Wann hast du dich in mich verliebt?

Rank küsst die Luft.

- Ich habe dich angesehen. Dann ist es im Lauf von Millisekunden geschehen.

Enya presst die Lippen zu einer Art Schmollmund zusammen.

- Wenn du mich wirklich liebst, würdest du mich heiraten.

Er hält sich die gekrümmten Finger als Fernglas vor die Augen.

- Schauen wir uns das genauer an! Wo ist die nächste Hochzeitshalle?

Discher sagt mit weit ausholendem Schwung des Arms.

- Sie steht auf dem gegenüberliegenden Berg.

Valeria späht.

- Wie gelangt man am schnellsten dorthin?

Rank zieht eine Schulter hoch.

- Ein Velo wäre willkommen.

Eine Frau fährt mit einem Fahrrad durch die Luft.

- Hallo, ich bin Fatima Behringer.

Sie trägt große Blumenohrringe.

- Wollt ihr Fahrräder?

Enya kippt mit dem Oberkörper ruckartig nach vorne.

- Wir lechzen förmlich danach.

Fatima steigt ab.

- Ist gut! Ich muss sie nur rufen. Dann landen sie gleich.

Sie formt die Hände zu einem Trichter.

- All ihr Fahrräder unter dem Himmel, kommt und seid zur Stelle!

Ein Veloschwarm schwirrt durch die Luft, lässt sich auf der Wiese vor dem Pavillon nieder.

Dischers Gesicht hellt sich auf.

- Es sind viel mehr als ich dachte.

Valeria flattert kurz mit den Fingern unter ihren Achseln, als ahmte sie ein aufgeregtes Huhn nach.

- Jetzt sind wir ein richtiges Radteam.

Rank greift sich ein Velo.

- Ich bin noch nie mit einem Rad geflogen.

Fatima winkelt den Zeigefinger ab.

- Starte langsam!

Enya nimmt das nächste Rad.

- Warte auf mich!

Discher tritt in die Pedalen.

- Mir gefällt es auf dem Boden. Aber ich liebe es auch, in der Luft zu sein.

Valeria steigt mit ihrem Velo auf.

- Wenn man abhebt, fühlt man sich leicht.

Rank fliegt ihr vor.

- Wir bilden einen Schwarm und fahren zusammen.

Fatima sagt mit einem Lächeln auf den Lippen zu Huch.

- Es hat auch ein Rad für dich.

Er guckt nur interessiert und freundlich.

- Danke, dass du mich darauf hinweist.

Sie lässt ihn nicht aus den Augen.
- Fährst du mit?
Ein Mann stapft durch den Park.

- Hallo, ich bin Deniz Calando.

Er trägt melonenorange Jeans.
- Mit dem Velo durch die Luft schwirren ist schön.
Fatima spreizt die Finger.
- Möchtest du mit unserem Schwarm einen Ausflug machen?
Calando setzt sich aufs Rad.
- Ja gern! Ihr seid wirklich sehr freundlich.
Sie schwingt sich in den Sattel.
- Also starten wir! Wenn du in die Pedalen trittst, hebt das Velo ab.
Er deutet mit dem Zeigefinger auf Huch.
- Ich wünschte, es hätte auch noch ein Velo für dich.
Huch legt die Hände ineinander.
- Ich glaube, ich komme schon noch dazu.
Fatima fährt in die Luft.
- Ganz bestimmt! Wir suchen ein Rad für dich.
Calando holt sie ein.
- Ich fühle mich wie in einem Traum.
Huch ruft durch die hohlen Hände.
- Guten Flug und viel Glück!
Das Radteam steigt auf, verwandelt sich in eine Wolke winziger Punkte.
Eine Frau marschiert mit großen Schritten durch den Park.

- Hallo, ich bin Malina Achenbach.

Sie ist samtschwarz gekleidet.
- Dankeschön!
Huch schaut großäugig.
- Wofür dankst du?
Malina macht ein pfiffiges Gesicht.
- Du hast mir viel Glück gewünscht.
Er schlägt die Lider nieder.
- Ich vergesse manchmal, dass ich nicht allein in der Land-schaft stehe.
Sie rollt die Zunge mit halboffenem Mund.
- Ich behalte alles im Gedächtnis und werde dich in mei-nen Träumen sehen.
Huch schiebt den Daumen in die Tasche, legt die übrigen Finger auf den Oberschenkel.
- Mich?
Malina schmiegt sich an ihn.
- Ja. Ich könnte träumen, dass du ein Fuchs bist.
Ein Mann kommt wiegenden Schrittes daher.

- Hallo, ich bin Leander Flick.

Er trägt eine Kniebundhose und bringt eine Fuchsmaske.
Ein Lächeln fliegt über Malinas Gesicht.
- Bist du der Fuchs?
Flick spitzt seinen Zeigefinger und zeigt auf sich.
- Ganz und gar nicht! Ich bin ein Stück Eis in der Sonne. Wenn du lächelst, glaube ich zu schmelzen.
Sie wölbt die Unterlippe schmollend vor.

- Übertreibe nicht! Es kommt darauf an, dass wir ein Team sind und uns nie im Stich lassen.

Er steht in leichter Rücklage.

- Ist gut! Beginnen wir damit!

Malina blickt ihn an.

- Möchtest du einen Hut tragen?

Flick zieht die Achseln hoch.

- Warum denn?

Sie wippt auf den Zehen.

- Damit dir das Sonnenlicht nicht direkt ins Gesicht fällt.

Er schlägt die Augen auf.

- Daran habe ich gar nicht gedacht. Ein Hut könnte mich glücklich machen.

Eine Frau spaziert im Park. Ihre Schritte werden kürzer.

- Hallo, ich bin Tamina Carini.

Sie trägt ein goldoranges Kleid und bringt einen Hut.

- Gefällt er dir?

Flick probiert ihn an.

- Ja! Aber ich habe noch nie einen Hut getragen.

Malina richtet einen prüfenden Blick auf ihn.

- Bei allem muss es ein erstes Mal geben.

Tamina hält sich die Hand vor den Mund.

- Ich bin froh, dass du uns daran erinnerst. Ich habe mir noch nie eine Fuchsmaske aufgesetzt.

Das neue Bild

Bevor der Fluss in den See mündet, dehnt er sich zum breiten Trichter. Kaum mehr als ein Strich ist das gegenüberliegende Ufer.

Huch geht durch den tiefen Sand, gelangt in eine einsame Bucht.

Eine Frau stellt sich vor ihn hin.

- Hallo, ich bin Eleni Dillenberger.

Sie trägt ein Matrosenkleid.
- Hast du ein Ufo gesehen?
Huch drückt den Rücken durch.
- Nein. Vielleicht gucke ich in die falsche Richtung.
Eine fliegende Untertasse landet am Strand.
Ein Mann steigt aus.

- Hallo, ich bin Carlos Gill.

Er trägt eine Uniformmütze.
- Ich finde es sehr beeindruckend, mit einem Farbstift zu malen.
Eleni tippt sich mit der Fingerspitze gegen das Kinn.
- Es ist eine Lieblingstheorie von mir, dass man damit alle Dinge malen kann.
Gill kehrt den Handteller nach oben.

47

- Könnt ihr mir einen geben?

Eleni bedauert.

- Ich leider nicht.

Sie blickt Huch fragend an.

- Hast du einen Farbstift?

Seine Lippen deuten ein Lächeln an.

- Nein. Wir könnten einen suchen.

Eleni lässt den Blick über den Strand gleiten.

- Dann spazieren wir doch aus der Bucht und sehen uns um. Was hält ihr von meinem Vorschlag?

Gill legt die Hände zusammen.

- Was du sagst, klingt gut.

Der See glitzert türkisblau in der Sonne. Der leise Schrei einer Möwe verhallt. Ein warmer Regenschauer treibt vorüber. In ihren Tropfen funkelt ein Regenbogen.

Eleni schaut versonnen aufs Wasser.

- Mir gefällt das Blau.

Er lenkt den Blick aufs Matrosenkleid.

- Das sieht man.

Sie schiebt die rechte Schulter vor.

- Es ist aus reiner Seide.

Gill tippt sich an die Mütze.

- Was machst du damit, wenn es einmal alt ist?

Eleni schmiegt die Arme auf Bauchhöhe an den Leib.

- Ich werde es nie in die Altkleidersammlung bringen, weil ich denke, ich könnte es plötzlich wieder brauchen.

Gill neigt den Kopf leicht zur Seite.

- Das ist eine gute Idee.

Am Ende der Bucht hängt ein altes Werbeschild an einem verwitterten Holzmast. Darauf steht.

- Wir schenken dir Farbstifte.

Eleni geht um den Fels herum.

- Wahrscheinlich ist ein Laden in der Nähe.

Gill schnippt andeutungsweise mit den Fingern.

- Sehen wir nach!

Das Geschäft befindet sich in einem verwitterten Holzhaus, trägt eine verwaschene Aufschrift. Eine hölzerne Flügeltür wird von innen aufgedrückt.

Eine Frau tritt beschwingt ins Sonnenlicht hinaus und blinzelt.

- Hallo, ich bin Fanja Kring.

Sie trägt ein goldgelbes Abendkleid mit Pelzkragen.

- Was darf es sein?

Eleni stemmt den weit ausgestellten Arm in die Hüfte.

- Wir haben das Werbeschild gelesen.

Gills Augen blitzen.

- Und hätten gern einen Farbstift.

Fanja richtet sich auf.

- An welche Farbe denkt ihr?

Eleni spitzt die Lippen.

- Sind wir mit Grün glücklich?

Gill hält den Kopf schief.

- Vielleicht schon. Aber es müsste ein besonderes Grün sein.

Fanja huscht durch die Flügeltür.

- Wie wäre es mit Maigrün?

Eleni hebt die Augenbrauen zur Mitte hin.

- Das klingt ziemlich verlockend, oder?

Gill stemmt die Hände in die Hüfte.

- Genau darauf hätte ich Lust.

Fanja bringt den Farbstift.

- Ich bin sicher, dass euch Maigrün gefällt.

Eleni nimmt ihn in die Hand.

- Danke! Dieser Stift ist alles, was wir brauchen.

Gill strahlt sie an.

- Male etwas Schönes damit!

Fanja erkundigt sich.

- Worauf willst du malen?

Eleni schmiegt sich an Huch.

- Hast du etwas Papier dabei?

Ein Mann läuft mit einem Malblock um den Fels.

- Hallo, ich bin Roman Tong.

Er trägt einen nachtschwarzen Anzug.

- Ich hoffe, dass ich das richtige Papier bringe.

Eleni wirft den Farbstift wie eine Jongleurin in die Luft.

- Danke! Du bist sehr schnell.

Gill tanzt mit ausgebreiteten Armen.

- Sollen wir darauf malen?

Fanja öffnet den Mund zum Sprechen.

- Ich bin dafür.

Tong beugt sich nach vorn.

- Darf ich den Block auf die Felsplatte legen?

Eleni lächelt so auffordernd, als gelte es keine Zeit zu verlieren.

- Gern! Das wäre äußerst freundlich.

Er bekommt glasige Augen.

- Ich bitte dich. Das würde jeder für dich tun.

Gill klopft ihm auf die Schulter.

- Wie lange bleibst du bei uns?

Tong legt den Block auf den Fels.

- Ich würde gern eurem Team beitreten.

Fanja wedelt mit dem Finger in seine Richtung.

- Wir nehmen dich auf.

Seine Augen leuchten auf.

- Wunderbar! Dann bin ich also euer Freund?

Eleni zieht die Augenbrauen hoch.

- Mehr als das!

Gill stößt die Nasenspitze nach vorn.

- Du bedeutest uns unermesslich viel.

Fanja reckt den Hals.

- Wir finden kaum Worte.

Tong wippt mit den Fußspitzen.

- Ihr wisst gar nicht, wie dankbar ich euch bin.

Eleni gibt Huch den Stift.

- Würdest du bitte beginnen?

Huch weicht einen Schritt zur Seite, einen Schritt nach hinten.

- Womit?

Gill lächelt um die Wette.

- Mit Malen! Wir zählen auf dich.

Fanja leckt sich die Oberlippe.

- Ich bin froh zu hören, dass du anfangen willst.

Tong lässt die Arme baumeln.

- Was kommt aufs Blatt?

Eleni streicht sich das Kleid glatt.

- Male einen Tennisball!

Huch zeichnet einen Kreis.

- Was sagt ihr dazu?

Gill stellt sich auf ein Bein.

- Das ist großartig.

Fanja nimmt den Block auf Augenhöhe und betrachtet den Ball.

- Danke für dieses Bild!

Tong weist auf sich selbst.

- Wir haben viel gelernt.

Eleni wippt mit den Füßen.

- Wo stellen wir das Bild aus?

Gill hebt den Blick zum Himmel.

- Am Fuß des Regenbogens.

Fanja beschattet die Augen.

- Er reicht in den Wald hinunter.

Tong schnürt die Schuhe.

- Da gehen wir hin.

Der Uferweg schlängelt sich zwischen dem See und den Felsen entlang, führt zum Waldrand.

Ein Werbeplakat hängt gerahmt an einem Baum. Darauf steht.

- Wenn du klein bist, kommt dir alles groß vor.

Eleni liest mit grübelnder Stirn.

- Was bedeutet das?

Gill reckt seinen Kopf empor.

- Ganz einfach! Da ist ein Rahmen.

Fanja blickt neugierig.

- Ich bin überrascht.

Tong hängt den Rahmen ab.

- Wir nehmen das Plakat raus und legen das Bild ein.

Eleni schenkt Huch einen direkten Blick.

- Du bist mein erster richtiger Freund.

Eine Frau tritt aus dem Wald.

- Hallo, ich bin Ayla Laski.

Sie trägt eine Robe aus tiefblauer Seide.

- Wenn ihr neue Freunde findet, möchte ich auch dabei sein.

Gill sagt mit einem Lächeln auf den Lippen.

- Wir hoffen, dass es dir bei uns gefallen wird.

Fanja dreht sich um.

- Du kommst genau zur rechten Zeit.

Tong hebt das Glas aus dem Rahmen.

- Sogleich werden wir das neue Bild ansehen.

Die Kugel

Auf einem Parkplatz mit Mülltonne und Laterne bohren sich einzelne Grashalme durch die Betonfläche ans Licht.
Huch blinzelt in die Sonne.
Um einen Bretterverschlag wackeln schräge Gerüste.
Eine Frau huscht über den Platz und bringt einen Flicken.

- Hallo, ich bin Jessica Manke.

Sie trägt ein neonblaues Sommerkleid.
- Die ganze Kunst, aus Flicken etwas zu machen, besteht in der Auswahl. Aber ich habe leider nur einen Flicken.
Huch dreht die Fußspitzen leicht nach außen.
- Woher stammt der Stoff?
Jessica guckt ihn eher leicht von unten an.
- Von einem maisgelben Kleid.
Ein Mann tanzt zuckend ums Gerüst.

- Hallo, ich bin Adrian Flinz.

Er trägt ein schlichtes tannengrünes T-Shirt und bringt einen knallorangen Flicken.
- Mein Traum wird wahr. Ich sehe einen gelben Flicken.
Jessica dehnt ihre Beine.
- Dein Flicken hat eine heiße Farbe.
Flinz zupft an seinem T-Shirt herum.

- Wir brauchen also nur einen Tacker. Dann können wir die beiden Flicken zusammenheften.
Eine Frau kommt in kurzen Schritten.

- Hallo, ich bin Naila Araya.

Sie trägt ein buntes Kleid mit großen Mustern und bringt einen Tacker.
- Wie viele Flicken habt ihr?
Jessica schließt die Augen.
- Wir haben 2.
Flinz fügt hinzu.
- Wir sind sehr stolz darauf.
Naila winkelt den Arm an.
- Ich hefte sie gern zusammen. Vertraut ihr mir?
Jessica spreizt Zeigefinger und Daumen ab.
- Unbedingt!
Naila nimmt die Flicken.
- Ihr seid positiv.
Sie legt sie auf den Boden.
- Tackern macht viel Spaß.
Ein Mann schlendert über den Parkplatz.

- Hallo, ich bin Hans Bodo.

Er trägt eine fliegenpilzrote Uniform und bringt einen krokuslila Flicken.
- Was sagt ihr zu der Farbe?
Jessica klappert mit den Augendeckeln.
- Sie hat etwas, das sie unwiderstehlich macht.

Flinz spitzt die Lippen.

- Wir sind alle begeistert.

Naila greift nach dem Stoffstück.

- Ich möchte den Flicken gern anheften.

Bodo schaut ihr zu.

- Du bist ein Genie.

Sie tackert unbeirrt weiter.

- Danke! Wenn ich Lust habe, etwas zu heften, mache ich das eben.

Jessica kratzt sich am Hinterkopf.

- Du folgst einfach deinem Herzen.

Flinz strahlt bubenhaft.

- Wenn ich könnte, würde ich die ganze Zeit Flicken sammeln.

Naila starrt konzentriert auf seine Lippen.

- Bist du in jemanden verliebt?

Er geht langsam, mal hierhin, mal dorthin.

- Ja, in dich. Ich sehe deine wunderschönen Hände an.

Bodo legt den Finger auf den Mund.

- Ich hoffe, du erlebst uns nicht als zudringlich.

Sie reckt den Kopf.

- Nein, im Gegenteil! Ihr seid sehr respektvoll.

Eine Frau läuft freudestrahlend auf sie zu.

- Hallo, ich bin Elin Mayumi.

Sie trägt ein sonnengelbes Tenniskleid und bringt einen eisvogelblauen Flicken.

- Ich versuche herauszufinden, was du machst.

Naila winkt sie mit ihrem Tacker heran.

- Ich hefte Flicken zusammen, hätte nie gedacht, dass meine Fähigkeiten genutzt werden könnten.

Jessica führt einen kleinen Tanz auf.

- Wie du siehst, macht sie es kunstvoll.

Flinz streicht sich das Haar aus der Stirn.

- Ohne sie hätten wir nur lose Flicken.

Naila spannt den Rücken.

- Ich bin unersättlich, jage allen Fetzen nach.

Bodo schließt die Augen.

- Sie hat einen eigenen Tacker.

Elin hebt beschwingt ihr Stoffstück.

- Ich finde, mein Flicken ist ein kleines Weltwunder.

Naila streckt den Arm aus.

- Gib ihn mir!

Elin händigt ihn schnell aus.

- Er braucht einen Platz in eurem Kunstwerk.

Jessica raunt bedeutungsvoll.

- Jeder Flicken ist uns wichtig.

Flinz kommentiert.

- Wir verarbeiten ihn sorgfältig.

Naila schwingt den Tacker.

- Wenn einer angeheftet ist, kommt ein neuer.

Bodo biegt das Schlüsselbein nach hinten.

- Unser Team funktioniert.

Elin fährt sich durch das Haar.

- Das kann man wohl sagen.

Ein Mann tigert mit federnden Schritten über den Asphalt.

- Hallo, ich bin Miro Pari.

Er trägt ein aprikosenoranges gestärktes Hemd und bringt einen apfelgrünen Flicken.

- Ich möchte eure Aufmerksamkeit auf meinen Stoff lenken.

Jessica guckt hinter dem Haar hervor.

- Du rettest uns.

Flinz macht einen Luftsprung.

- Wir hätten ohne grünen Flicken leben müssen.

Naila schüttelt ihm dankbar die Hand.

- Ich fühle mich wohl, wenn ich ihn anheften darf.

Bodo spricht mit kräftiger Stimme.

- Wir verwenden ihn gern.

Elin wiegt den Oberkörper hin und her.

- Wir haben einen Traum.

Pari reißt die Augen weit auf.

- Ich bin froh, dass ihr meinen Flicken einfügt.

Eine Frau umtänzelt die Gruppe.

- Hallo, ich bin Alexa Rubik.

Sie trägt einen malvenfarbigen Mantel und bringt einen kirschroten Flicken.

- Macht ihr eine Art Spiel?

Jessicas Kleid rutscht ein wenig hoch.

- Also zuerst lassen wir dich wissen, dass wir dich mögen.

Alexa zieht den Mantel aus.

- Mich? Wieso denn?

Flinz kratzt sich am Hals.

- Wir lernen gern neue Teammitglieder kennen.

Naila fängt ihr Stoffstück kurz mit einem Blick ein.

- Und ich habe Lust, deinen Flicken anzutackern.

Bodo faltet die Hände vor der Brust.

- Sie macht es mit großem Schwung.

Elin läuft hektisch auf und ab.

- Unser Kunstwerk besteht aus immer mehr Teilen.

Pari klatscht sich auf den Bauch.

- Dein Stoff beeindruckt uns ganz besonders.

Alexa gibt ihren Flicken Naila.

- Ihr muntert mich richtig auf.

Jessica guckt verträumt.

- Unser Flickenteppich hat eine beachtliche Länge.

Flinz fragt Naila.

- Wie wäre es? Kannst du eine Kugel daraus bilden?

Sie sieht das Leuchten in seinen Augen.

- Das versuche ich gern.

Bodo schaut ihr beim Tackern über die Schulter.

- Ich schätze deine geschickte Hand.

Elin verschlägt es den Atem.

- Traumhaft! Eine Kugel entsteht!

Pari verfällt mit zurückgelegtem Kopf in schalkhaftes La-chen.

- Wo wollen wir sie ausstellen?

Alexa verschränkt die Hände auf dem Rücken.

- Wir bringen sie in die Galerie. Sie wird alle Gäste vergnü-gen.

Naila gibt Huch die Kugel.

- Gehen wir zum Stadtrand!

Huch weicht zurück.

- Vielleicht möchte sie ein anderes Mitglied des Teams halten.

Polina stemmt den Arm in die Hüfte.

- Nein, sie ist bei dir in guten Händen.

Flinz schiebt eine Schulter nach vorne.

- Du hast sie die ganze Zeit angeschaut.

Naila trippelt tänzelnd um Huch herum.

- Ich habe immer gedacht, du möchtest mit mir flirten.

Huch sieht in ihren Augenwinkeln ein schelmisches Schmunzeln.

- Das habe ich irgendwie gar nicht mitbekommen.

Bodo beugt den Oberkörper.

- Du kannst es ja nachholen.

Elin unterdrückt ein Kichern.

- Und sie umarmen.

Huch guckt ratlos.

- Aber ich habe doch die Kugel in der Hand.

Pari lächelt, hält sich die Hand vor den Mund.

- Wir tragen sie gern so lang, bis ihr geheiratet habt.

Einladung zum Schwimmen

Spinnweben überziehen einen Nadelbaum. Flechten hängen herab. Huch schiebt sie wie einen Vorhang zurück. Eine Frau kommt aus dem fast undurchdringlichen Dickicht heraus.

- Hallo, ich bin Estelle Samadi.

Sie trägt ein Prinzessinnenkostüm.
- Hast du einen goldenen Schuh?
Ein Mann wandert durch den Wald.

- Hallo, ich bin Jakob Teng.

Er trägt eine tomatenrote Jacke und bringt einen goldenen Schuh.
- Ich glaube, ich kann dir helfen.
Estelles Lippen bewegen sich kaum, während sie spricht.
- Ich hoffe, er passt.
Teng weist auf einen dicken Wurzelstrang.
- Setz dich einen Moment!
Sie nimmt Platz.
- Vielleicht haben wir Glück.
Er kniet ins Moos.
- Du solltest heiraten.
Estelle streckt den rechten Fuß.

- Wen?

Teng probiert ihr den Schuh an.

- Wenn du es erlaubst, würde ich mich vorschlagen.

Sie hält kurz den Atem an.

- Ich will nicht unhöflich erscheinen. Aber wie soll ich mit einem Schuh in die Kirche gehen?

Er stützt sich mit beiden Händen zu den Seiten ab.

- Das ist wirklich eine gute Frage.

Eine Frau tritt zu ihnen.

- Hallo, ich bin Cara Malabo.

Sie trägt einen enzianblauen Wickelrock und bringt einen goldenen Schuh.

- Er könnte dir gehen. Aber ich bin mir nicht ganz sicher.

Estelle schlüpft hinein.

- Danke! Ich freue mich, ihn zu probieren.

Teng springt in die Luft.

- Beide Schuhe sind genau gleich.

Cara lässt ein Lächeln aufblitzen.

- Nicht ganz! Ich habe einen linken Schuh gebracht.

Estelle trippelt auf den Schuhspitzen.

- Zum Glück! Nun kann ich in die Kirche gehen.

Teng zupft sich am Ohrläppchen.

- Wo ist die nächste Kirche?

Cara lenkt den Blick auf den Weg.

- Folgt dem Waldpfad! Ihr könnt sie nicht verfehlen.

Estelle schenkt ihr einen erstaunten Augenaufschlag.

- Und du? Was hast du vor?

Caras Hände fliegen von oben nach unten.

- Geht nur voraus! Ich habe noch etwas zu besprechen und folge euch dann unverzüglich.

Sie blickt Huch direkt ins Gesicht.

- Du wärst der perfekte Mann für mich.

Ein Mann hüpft aus dem Wald.

- Hallo, ich bin Leonas Bing.

Er trägt einen Filzhut und bringt einen Stoffballen.

- Ich finde, ihr solltet ihn sehen.

Cara fordert ihn durch eine Handbewegung auf heranzukommen.

- Stoff wird normalerweise ausgerollt gezeigt.

Bing stößt die Luft aus, als würde er sich einen Ruck geben.

- Das stimmt! Ich habe den Ballen einfach von der Beige geschnappt und gar nicht daran gedacht, wie ich ihn ausstellen könnte.

Sie beginnt unerwartet zu lächeln.

- Warum fragst du nicht meinen Freund? Vielleicht hat er eine gute Idee.

Er bedenkt Huch mit einem etwas zu langen Händedruck.

- Bist du ihr Freund?

Eine Frau huscht durchs Gehölz.

- Hallo, ich bin Josefine Cavallo.

Sie trägt ein buntes Seidenkleid und bringt ein Seil.

- In naher Zukunft wird das Ausstellen von Stoffen im Wald nicht bloß ein Traum sein.

Cara hebt die Augenbraue.

- Dein Kleid hat fröhliche Farben.

Josefine schnipst mit dem Finger.

- Danke! Möchtet ihr den Stoffballen präsentieren?

Bing schaut sich um.

- Gern! Oder könnte man noch etwas Anderes im Wald tun?

Josefine tänzelt über den Waldboden.

- Sicher! Du könntest mich heiraten.

Er zeigt einen Anflug von Lächeln.

- Du hast recht! Weltweit sind Hochzeiten beliebt.

Cara zeigt auf den Weg.

- Ja dann schlagt den Waldpfad ein! Er führt euch direkt zur Kirche.

Bing streichelt sich das Kinn.

- Das klingt wirklich interessant.

Josefine schenkt ihm mehrmals hintereinander einen Blick.

- Wie schön Heiraten ist, erfährt man erst, wenn man es versucht.

Er übergibt Huch den Ballen.

- Stellt den Stoff selber aus!

Josefine reicht Cara das Seil.

- Wir beten für euren Erfolg.

Bing zieht mit einem zufriedenen Nicken von dannen.

- Wir sind so beschwingt, dass wir keine Sekunde länger bleiben können.

Josefine geht auf den Zehenspitzen und dreht Pirouetten.

- Die Zeit ist sehr kostbar.

Cara hält die Hand locker flatternd in die Luft.

- Josefine und Leonas sind ein glückliches Paar.

Sie wirft Huch einen Blick zu.
- Zeige mir, wie das geht mit dem Ballen!
Ein Mann kommt auf leisen Sohlen.

- Hallo, ich bin Klaas Waldburger.

Er trägt enge Hosen auf Halbhüfte.
- Ich weiß, wie man Stoff ausstellt.
Cara gibt ihm das Seil.
- Wie gehst du vor?
Waldburger schleudert das Seil über einen weit ausladen-
den Ast.
- Ich schätze meine Kraft ein und brauche etwas Schwung.
Sie legt den Knöchel des Mittelfingers an die Schläfe.
- Du bist geschickt.
Ein Lächeln schleicht sich in sein Gesicht.
- Nicht immer gelingt der erste Wurf. Aber ihr seid ein tol-
les Paar und bringt mir Glück.
Cara schaut Huch an und klimpert mit den Wimpern.
- Sind wir ein Paar?
Er legt die Hand an die Wange.
- Ich sehe das so: Wir sind 3 und bilden ein kleines Team.
Waldburger fährt sich durchs Haar.
- Ich bin sehr gern in unserem Team.
Eine Frau läuft über den Waldweg.

- Hallo ich bin Sunny Yang.

Sie trägt ein Tüllkleid und bringt einen Reifen aus Holz.
- Wenn ich das Seil sehe, bekomme ich das Gefühl, in der

Lotterie gewonnen zu haben.

Cara bekommt glänzende Augen.

- Das tönt fast so, als wolltest du uns etwas beibringen.

Waldburger hebt die offenen Hände auf Brusthöhe.

- Wir lernen gern Neues.

Sunny schnappt ein Seilende.

- So neu ist es nun auch wieder nicht. Ich schlinge einfach einen Knoten um den Reifen.

Sie bindet ihn ans Seil.

- Und dann ziehe ich ihn hoch.

Cara schaut sehr neugierig und konzentriert.

- Wir bewundern dich.

Waldburger verlagert sein Gewicht von einem Fuß auf den anderen.

- Du hast die bestmögliche Lösung gefunden.

Sunny setzt eine heitere Miene auf.

- Einem guten Team gelingt alles.

Ein Mann läuft pfeifend durch den Wald.

- Hallo, ich bin Jack Buk.

Er trägt einen aprikosengelben Kittel.

- Darf ich zu euch kommen?

Cara spreizt die Finger ab.

- Wir begrüßen gern neue Teammitglieder.

Waldburger reckt das Kinn vor.

- Wir sind von deinem Auftreten beeindruckt.

Sunny hält das Seil mit einer Hand.

- Manchmal bringen neue Leute die erregendsten Ideen.

Buk klappt die Lider hoch.

- Darauf dürft ihr zählen.

Er fordert Huch mit einer freundlichen Handbewegung auf.

- Gibst du mir den Stoff?

Huch überreicht ihm den Ballen.

- Hast du Lust, ihn aufzuhängen?

Buk wirft den Ballen durch den Reifen.

- Ja! Wie du siehst, ist sie sogar unbändig.

Cara schiebt unruhig die Oberlippe über die Unterlippe hin und her.

- Ich denke, du bist sehr talentiert.

Waldburger fährt mit dem Zeigefinger kreisend in die Luft.

- Es ist interessant, das Ausstellen zu lernen.

Sunny bewegt das Seil.

- Jetzt kann ich den Stoff Hand für Hand hochziehen.

Buk klatscht in die Hände.

- Das ist ein ganz neuer Anblick.

Cara lenkt den Blick auf Huch.

- Ich möchte deine Frau sein.

Eine Frau durchquert den Wald, beschleunigt ihre Schritte.

- Hallo, ich bin Ruby Clark.

Sie trägt einen Badeanzug.

- Gehen wir schwimmen?

Im Gras

Wolkenschatten gleiten über die Wiese und den Berg auf der anderen Talseite.
Huch liegt im Gras.
Grillen zirpen. Roter Mohn blüht.
Eine Frau betritt die Wiese.

- Hallo, ich bin Selin Corrado.

Sie trägt ein erdbeerrotes Shirt.
- Ich suche meine Brille.
Ein Roboter geht langsam, mal hierhin, mal dorthin.

- Hallo, ich bin Kalle Kaliko.

Er trägt Shorts.
- Ich bin zuversichtlich, dass ich sie finde.
Sie schiebt die Brauen in die Stirn.
- Machst du das gern?
Kaliko legt die rechte Hand auf die Batterie, verbeugt sich leicht.
- Ja! Ich bin ziemlich glücklich, wenn ich nach einer Brille fahnden darf.
Selin legt die Hände übereinander.
- Es wird dir sicher gelingen.
Er zieht los.

- Ich schätze das Vertrauen, das du mir entgegenbringst.

Sie läuft hinterher.

- Warte! Ich würde gern heiraten.

Kaliko dreht sich um.

- Soll ich nicht nur die Brille, sondern auch noch einen Mann für dich suchen?

Selin reißt die Arme hoch.

- Du bist ja unermüdlich!

Er bückt sich, um unter einen Strauch zu blicken.

- Ja, das bin ich. Und nun sag mir, wie du dir den Mann vorstellst!

Sie antwortet nur achselzuckend.

- Ich wünsche mir, dass er alles mit einem gewissen Vergnügen tut.

Kaliko neigt den Kopf zurück.

- Die Beschreibung trifft genau auf einen Mann in unserer Nähe zu.

Er weist mit dem Arm auf Huch.

- Im Gras zu liegen, scheint ihn zu vergnügen.

Selin fährt sich durch die Haare.

- Das ist mir gar nicht aufgefallen. Aber jetzt, wo du es sagst, sticht mir sein Behagen geradezu ins Auge.

Kaliko klaubt die Brille unter dem Strauch hervor.

- Was sagst du dazu?

Sie haucht ihm einen Kuss zu.

- Zuerst möchte ich ausdrücken, wie dankbar ich bin.

Er gibt ihr die Brille.

- Soll ich die Gläser reinigen oder das Gestell überprüfen?

Selin legt die Brille an.

- Nein! Es ist alles schwer in Ordnung.

Kaliko verschränkt die Hände hinter dem Rücken.

- Ist gut! Dann kümmern wir uns um den Mann im Gras.

Darf ich ihn ansprechen?

Sie lächelt erleichtert in sich hinein.

- Kannst du das wirklich übernehmen?

Er mustert Huch mit Aufmerksamkeit.

- Durchaus! Ich knüpfe gern Kontakte.

Selin stülpt die Unterlippe nach vorn.

- Er muss aber spüren, dass wir es ernst meinen.

Kaliko marschiert mit baumlangen Schritten zu Huch.

- Möchtest du dich verloben?

Eine lemongrüne Rakete landet in der Wiese.

Eine Frau stößt die Landeklappe auf.

- Hallo, ich bin Melina Addison.

Sie trägt ein kurkumagelbes Kleid.

- Willst du ein Roboterballett sehen?

Kaliko zupft an seinen Shorts herum.

- Ich weiß nicht, ob ich zustimmen oder ablehnen soll.

Selin tritt hinzu.

- Aber alle lieben doch das Ballett.

Kaliko wirft den Kopf auf.

- In dem Fall sage ich Ja.

Melina wiegt sich in den Hüften.

- Diese Antwort habe ich erwartet.

Sie ruft in die Rakete.

- Zeigt euren Tanz!

Ein Roboter klettert aus der Luke.

- Hallo, ich bin Chris Flack.

Er trägt ein karibikblaues T-Shirt.
- Ich habe gerade an dich gedacht.
Melina deutet eine federnde Lockerungsübung an.
- Was für ein Zufall!
Flack baumelt mit den Armen.
- Nein, das ist gewollt. Ich denke die ganze Zeit an dich.
Er wendet sich an Huch.
- Hast du auch eine Verabredung?
Selin mischt sich ins Gespräch.
- Mit mir!
Eine Roboterfrau springt aus der Rakete.

- Hallo, ich bin Eleonora Garland.

Sie trägt billardgrüne Leggings.
- Ich bin bereit.
Kaliko zeichnet Wellenlinien in die Luft.
- Du siehst glücklich aus.
Melinas Blick schweift über Eleonora.
- Danke für dein Erscheinen!
Flack dreht sich wie eine Tanzmaus.
- Ich liebe grüne Leggings mehr als rote.
Eleonora spreizt den kleinen Finger ab.
- Dann habe ich ja die richtige Farbe getroffen.
Selin streicht ihr über die Schulter und das Haar.
- Ich bin gespannt auf euer Ballett.
Kaliko schiebt die Hände in die Taschen seiner Shorts.
- Ich bin zuversichtlich, dass euch der Tanz gelingt.

Melina schließt die Augen.

- Wir hätten gern Musik.

Flack stellt sich auf die Zehenspitzen.

- Denkt darüber nach, wie ihr die Welt zum Klingen bringt.

Eleonora sinkt in die Hocke.

- Dann fangen wir an.

Selins Blick wandert zu Huch.

- Willst du etwas singen?

Ein Lächeln stiehlt sich in sein Gesicht.

- Gerade jetzt? Oder lieber etwas später?

Kaliko schüttelt den Kopf.

- Nein, nein! Sofort! Wir würden dich gern hören.

Melina rempelt ihn an.

- Wie klingt deine Stimme?

Huch atmet durch.

- Nun, wie beim Sprechen. Bloß geht sie mal höher hinauf oder sinkt etwas tiefer, wenn es die Melodie verlangt.

Ein Mann streift durch die Wiese.

- Hallo, ich bin Kai Lambert.

Er trägt eine abgewetzte Hose.

- Ich möchte heiraten.

Selin schaut ihm in die Augen.

- Du bist interessant!

Lambert senkt die Lider.

- Danke! Würdest du immer für mich da sein, wenn ich dich brauche?

Sie bestreicht mit dem Finger den Mund.

- Ja! Da bin ich ziemlich sicher.

Seine Füße kommen ins Wippen.

- In dem Fall würde ich mal gern eurem Team beitreten. Das wäre sozusagen mein erster Schritt.

Kaliko hebt das Kinn.

- Ja, ich denke, es ist in Ordnung, wenn du mitmachst.

Melina drückt beide Knie durch.

- Es ist besser, in einem Team zu sein, als allein durch die Welt zu gehen.

Flack kreist schnell um die eigene Achse.

- Ich bin froh, dass du uns gefunden hast.

Eleonora reibt den Zeigefinger rund um die Nase.

- Wenn du heiraten willst, musst du an die Zukunft denken.

Lambert richtet den Blick in die Ferne.

- Das stimmt. Die Zukunft kommt ständig auf uns zu.

Selin klopft ihm auf die Schulter.

- Willst du mit uns zur Hochzeitsinsel reisen?

Ein Leuchten fliegt in sein Gesicht.

- Ja gern! Können wir von hier aus starten?

Kaliko sieht Melina direkt in die Augen.

- Erfordert es viel Mut, mit der Rakete zu fliegen?

Sie springt, tänzelt, lockert die Muskeln.

- Nein! Nichts ist einfacher.

Flack läuft zielstrebig auf die Luke zu.

- Man steigt ein, setzt sich, schnallt sich an.

Eleonora stützt den Kopf lässig in die Hand.

- Und ist am Ziel.

Lambert steht eine Zeit lang auf einem Bein.

- Das gefällt mir. Hat es auf der Insel auch kleine weiße Blumen?

Selin rennt mit ausgebreiteten Armen in die Rakete.

- Du findest alles, was du verlangst, und noch sehr viel mehr.

Kaliko fragt Melina.

- Du kannst steuern, oder?

Sie umarmt ihn.

- Ich zeige dir gern, wie ich es mache.

Flack klettert in die Rakete.

- Sie kann es im Schlaf.

Eleonora rückt auf.

- Melina ist klug.

Lambert zwinkert Huch zu.

- Unser ganzes Team fliegt jetzt. Du bist doch auch dabei?

Huch sitzt im weichen, trockenen Gras.

- Ich denke, es wäre besser, wenn ich etwas später komme.

Es fehlt nur noch das Kleid

Der Weg führt unter einem Torbogen hindurch, eine Gasse hinab, treppab über steinerne Stufen.
Huch setzt einen Fuß vor den anderen.
Stoffbahnen flattern über der Gasse.
Eine Frau kommt ihm mit federnd tänzelndem Gang entgegen.

- Hallo, ich bin Lola Zamani.

Sie trägt ein hellblaues Kleid.
- Weißt du schon, wann du einen Tag erlebst?
Huch lässt die Arme hängen.
- Heute, wie es aussieht.
Lola hüpft in Trippelschritten herum.
- Hm, ich denke, du brauchst ein Horoskop.
Ein Mann steigt eine Treppe hinab.

- Hallo, ich bin Yunus Bak.

Er trägt einen Matrosenhut.
- Ich träume viel.
Lola reckt den Kopf in die Höhe.
- Erzähle uns mehr davon! Was träumst du so?
Sein Fuß zuckt.
- Jemand hängt seinen Mantel an einen Haken. In der Ta-

sche ist ein Zettel mit einem Horoskop.
Eine Frau huscht durch die Gasse.

- Hallo, ich bin Samantha Comini.

Sie trägt einen Overall und bringt einen Garderobenstän-
der mit nur einem Haken.
- Wollt ihr mehr Haken?
Lola streicht sich über das Kinn.
- Nein danke, einer reicht.
Bak reibt sich die Hände.
- Wir sind sicher, dass er uns dient.
Samantha stellt ihn auf den Platz am Ende der Gasse.
- Gut! Dann sind wir ein Team. Und das ist unser Gardero-
benständer.
Ein Mann tritt heran.

- Hallo, ich bin Laurin Gallo.

Er trägt eine löwenzahngelbe Uniform und bringt einen
Mantel.
- Steht der Garderobenständer gut?
Lola beugt den Oberkörper nach vorn.
- Ja, er hat 3 Beine und einen sicheren Stand.
Bak verschränkt die Arme auf dem Rücken.
- Samantha stellte ihn auf den Platz an die Sonne.
Samantha erzählt mit leuchtenden Augen.
- Ich wollte ihn aus dem Schatten nehmen.
Gallo zuckt mit den Mundwinkeln.
- Darf ich den Haken prüfen?

In Lolas Miene liegt etwas Unerschütterliches.

- Ja sicher! Er ist klein.

Bak hält die Beine eng geschlossen.

- Aber wir halten ihn für bruchfest.

Samantha lehnt sich zurück.

- Du kannst andere Möglichkeiten vorziehen. Vielleicht hast du eine bessere Idee.

Gallo hängt den Mantel an den Haken.

- Auf keinen Fall! Ich liebe diesen Garderobenständer.

Lola huscht ein Lächeln über den Mund.

- Oh! Dein Mantel hat ja 2 Taschen.

Bak öffnet die Beine eine Spur breiter.

- Sind sie leer?

Gallo senkt den Blick.

 Nein, in einer Tasche liegt ein Zettel.

Samantha spitzt die Lippen.

- Hast du ihn gelesen?

Gallo winkt ab.

- Leider nicht! Ich habe ihn nur eingesteckt.

Lola legt ihm eine Hand auf den Rücken.

- Mach dir deswegen keine Vorwürfe.

Bak beißt sich auf die Unterlippe.

- Wir verstehen dich.

Samantha entspannt ihre Schultern.

- Niemand kann alles lesen.

Gallo klaubt den Zettel aus der Manteltasche.

- Ich zeige ihn gern.

Lola verdeckt den Mund.

- Ist es ein Stimmzettel?

Er zieht beide Augenbrauen nach oben.

- Das wäre eher seltsam. Wenn ich mich recht entsinne, sagte die Frau, die mir den Zettel gab, es sei ein kleines Geschenk für mich.

Bak streicht mit dem Zeigefinger über die Oberlippe.

- Was für ein wundervolles Geschenk!

Samantha klimpert mit den Wimpern.

- Ich würde gern lesen, was darauf steht.

Gallo gibt ihr den Zettel.

- Dein Interesse freut mich.

Sie entfaltet ihn und liest.

- Du wirst Tennis spielen.

Lola stößt Huch in die Rippen.

- Gefällt dir dein Horoskop? Bist du glücklich?

Huch tritt von einem Bein aufs andere.

- Es ist sehr unwahrscheinlich, dass dies passieren wird.

Bak lächelt ihm zu.

- Du wirst bestimmt ein guter Tennisspieler.

Samantha hält den Zettel hoch.

- Wenn nicht gar der beste.

Gallo nickt vielsagend.

- Eben! Inzwischen bin ich sicher, dass es dein Horoskop ist.

Huch schürzt unmerklich die Lippen.

- Woher wisst ihr das?

Lola schubst ihn sanft an.

- Wir sind ein Team.

Bak richtet den Blick auf ihn.

- Wir sind deine Freunde.

Samantha steckt den Zettel in die Manteltasche.

- Tennis spielen ist einfacher, als du denkst.

Gallo presst die Knie zusammen.

- Unter anderem brauchst du einen Schläger.

Eine Frau springt wie ein Gummiball über den Platz.

- Hallo, ich bin Lilith Molina.

Sie trägt einen blütenweißen hohen Hut und bringt einen Tennisschläger.

- Könnte das ein Angebot für euch sein?

Lola spreizt Zeigefinger und Mittelfinger zum Victory-Zeichen.

- Ja sicher! Bist du unsere neue Freundin?

Lilith reißt lächelnd den Mund auf.

- Aber ja! Ich bin glücklich bei euch.

Bak dreht sich um die eigene Achse.

- Mit dir fühlen wir uns unschlagbar.

Samantha lässt ihre Arme fliegen wie Schmetterlinge.

- Ich hätte nie gedacht, dass wir so schnell zu einem Racket kommen.

Gallo wirft einen schnellen Blick darauf.

- Das Spiel kann beginnen.

Lilith wiegt den Kopf hin und her.

- Wer ist denn der Spieler?

Lola schmiegt sich eng an Huch.

- Du bist gefragt! Was machst du mit dem Tennisschläger?

Er sagt augenzwinkernd.

- Ich betrachte ihn.

Bak streicht sich mit der Hand über das Kinn.

- Ich habe einen Vorschlag. Nimm das Racket in die Hand!

Samantha stellt die Brust vor und macht einen Hohlrücken.

- Die ganze Welt spielt Tennis.

Gallo dreht den Oberkörper.

- Worauf wartest du?

Lilith reicht Huch den Tennisschläger.

- Sport lohnt sich immer.

Huch atmet tief aus.

- Das Racket ist schon bemerkenswert.

Lola stützt die Schläfe gegen den Handrücken.

- Wir brauchen einen Ball.

Ein Mann schreitet über den Platz.

- Hallo, ich bin Alessandro Peco.

Er trägt eine Weste und bringt einen Tennisball.

- Er ist perfekt, oder?

Bak stellt sich breitbeinig auf.

- Gewiss! Er ist alles für uns.

Samantha klatscht sich vor Freude auf die Schenkel.

- Meiner Meinung nach sollten die Bälle genau so aussehen.

Gallo hebt die Pupillen zu den Augenlidern.

- Wir sind zufrieden mit deinem Geschenk.

Lilith lächelt mit hochgezogenen Wangen.

- Ich frage mich, ob wir damit nicht sogar wirklich glücklich
sind.

Peco gibt den Ball Huch.

- Gefällt er dir?

Eine Frau hüpft durch die Luft.

- Hallo, ich bin Arina Lipps.

Sie trägt eine taillierte Lederjacke.

- Ich würde ihn gern mal ausprobieren.

Huch übergibt ihr den Ball und den Schläger.

- Kennst du dich aus mit Tennisbällen?

Arina prellt den Ball.

- Überhaupt nicht. Ich bin keine Spielerin.

Lola reckt den Kopf.

- Möchtest du Tennis lernen?

Arina schaut sich um.

- Hier? Auf diesem Platz?

Bak rudert mit den Armen.

- Oder auf einem richtigen Tennisplatz.

Samantha zieht die Augenbrauen hoch.

- Wir helfen dir gern.

Gallo macht die Bewegung geschickt vor.

- Ich habe schon einmal einen Ball über das Netz gespielt.

Lilith streichelt ihr über den Arm.

- Hast du ein Tenniskleid?

Was

Ein steiler Pfad führt hinauf. Am Himmel kreist ein Milan mit weiten Schwingen. Huch geht den Berg hoch. Oben auf dem Gipfel setzt er sich auf einen Felsen.
Eine Frau eilt in großen Schritten bergan.

- Hallo, ich bin Amara Monteiro.

Sie trägt ein azurblaues Minikleid und bringt ein Armband.
- Wie lange bist du schon hier?
Huch überschlägt die Beine, legt den Unterarm aufs Knie.
- Ich bin eben erst angelangt.
Amara stemmt die Hände in die Hüften.
- Hast du eine Einladung bekommen?
Ein Mann durchstreift den Berghang.

- Hallo, ich bin Marten Peri.

Er trägt einen Zylinder und bringt eine Karte.
- Was macht ihr?
Amara tänzelt mit Wippen und Hüpfen über den Fels.
- Wir freuen uns, dich zu treffen.
Peri dreht mit geschlossenen Augen eine Pirouette.
- Danke! Ich träume davon, eine Karte zu schreiben. Wie soll ich anfangen?
Sie streckt und reckt sich.

- Beginne mit „Hallo".

Er klaubt einen Bleistift hervor.

- Ich mag diese Anrede. Soll ich noch etwas beifügen?

Amara atmet durch.

- Schreibe eine einfache Frage, wie zum Beispiel: Fühlst du dich gut?

Peri malt Buchstaben für Buchstaben auf die Karte.

- Das notiere ich.

Sie umgarnt ihn.

- Merkst du etwas?

Er sticht mit dem Finger in die Luft.

- Ja, wir unternehmen etwas gemeinsam. Ich würde sagen, wir sind ein Team.

Amara stützt das Kinn auf den Handrücken.

- So ist es! Die nächste Frage wäre: Treffen wir uns auf dem Berg?

Peri schreibt sie auf.

- Jetzt hat es gerade noch Platz für einen Satz.

Sie schwingt die Arme locker umher.

- Gut! Schreibe: Ich liebe dich von ganzem Herzen.

Er zieht leicht den Mundwinkel nach oben.

- Das ist stark! Wer kriegt die Karte?

Amara weist auf Huch.

- Du kannst sie ihm nun geben.

Peri reicht sie ihm.

- Ich wünschte, ich bekäme auch einmal so eine Einladung.

Huch überfliegt die Zeilen.

- Danke vielmals! Ich finde es gut, wenn die Menschen sich lieben.

Sie schaut ihm in die Augen, ohne zu blinzeln.

- Wirklich? Dann möchte ich dir das Armband schenken.

Eine Frau tanzt über den Fels.

- Hallo, ich bin Eda Cavalera.

Sie trägt ein enges Spitzkragenhemd und bringt einen Ball.

- Ich habe noch nie ein Armband bekommen.

Amara atmet tief.

- Das ist aber schade! Du kannst es haben, wenn du etwas machst, was ich noch nie gesehen habe.

Peri hält den Kopf vorgestreckt.

- Kennst du ein Kunststück oder einen verblüffenden Balltrick?

Eda nimmt den Ball.

- Ja sicher! Ich lasse ihn verschwinden. Bist du einverstanden?

Er reckt das Kinn.

- Warum nicht? Ich lerne gern neue Tricks und bin bereit, dafür den Ball zu opfern.

Sie kickt.

- Ich bin so glücklich, dass ihr mich zaubern lässt.

Der Ball verschwindet mitten in der Luft.

Amara schenkt ihr das Armband.

- Da kann ich nur sagen: Du hast es verdient.

Peri hebt die Hände, als würde er nach etwas greifen wollen.

- Das ist der verblüffendste Trick, den ich je gesehen habe.

Eda legt das Armband an.

- Wie schnell könnt ihr laufen?

Amara wiegt den Kopf.

- Renne los! Wir versuchen, dich einzuholen.

Peri dreht sein Gesicht zu Huch.

- Wir möchten, dass du mitmachst.

Eda schubst ihn an.

- Willst du?

Huch steht langsam auf.

- Läuft nur voraus! Ich folge im eigenen Tempo.

Amaras Augen blitzen.

- Wir 4 sind ein Team. Was denkt ihr?

Peri dreht sich im Kreis.

- Das gefällt mir.

Eda läuft den Bergweg hinunter.

- Ich hoffe, dass wir uns nicht allzu bald aus den Augen verlieren.

Amara jagt hinterher.

- Das wird schon nicht geschehen.

Peri flitzt durch den Hang.

- Ich bin ein guter Läufer.

Eda schaut zurück.

- Und du?

Huch reckt ein Bein in die Höhe.

- Ich bleibe euch auf den Fersen.

Amara hält kurz inne.

- Dann bin ich beruhigt. Es gehören immer alle dazu.

Peri atmet ein, breitet die Arme aus, atmet aus.

- Ich habe nur einen Wunsch.

Eda blinzelt in die Sonne.

- Und der wäre?

Er beginnt zu zappeln.

- Dass wir Freunde sind.

Amara blickt direkt in seine Augen.

- Das sind wir doch! Ich bin sicher.

Peri richtet sich zu seiner vollen Größe auf.

- Du überzeugst mich.

Eda tollt über den Grashang am Bergfuß.

- Wir gehen in ein Buch.

Amara rennt ihr nach.

- Wie meinst du das?

In der Wiese liegt ein riesiges Buch.

Eda läuft über die aufgeschlagenen Seiten.

- Ich will hinein.

Sie stolpert und verschwindet.

- Man muss sich nur fallen lassen.

Amara springt hinein.

- Kommt!

Peri hechtet mit einem Kopfsprung hinterher.

- Niemand kann uns aufhalten.

Huch beugt sich vor.

- Was macht ihr im Buch?

Er hört die Seiten rascheln.

Ein Mann hastet mit gesenktem Kopf durch die Wiese.

- Hallo, ich bin Brian Dang.

Er trägt einen Bademantel und bringt einen Kleber.

- Ich hoffe, dass ich einen Ort finde.

Huch hebt den Kopf.

- Denkst du an einen bestimmten Ort?

Dang beginnt zu tanzen.

- Ja, ich möchte, dass man meinen Kleber sieht.

Eine Frau streift durchs Gras.

- Hallo, ich bin Jolie Eppstein.

Sie trägt eine mit Blumen bedruckte Jacke.

- Stimmt es, dass ihr einen Kleber habt?

Dang zeigt ihn vor.

- Ja sicher! Wir sind stolz darauf.

Jolie teilt ihnen fröhlich mit.

- Am Ende des Graslands erstreckt sich eine Wand.

Er richtet den Blick in die Ferne.

- Wie ist sie?

Sie schließt die Augen halb.

- Schauen wir sie an! Sie ist kalkweiß. Vielleicht gefällt sie euch.

Das Gras steht hoch.

Dang sucht mit den Augen den Horizont ab.

- Gern! Dann sind wir zusammen unterwegs.

Jolie geht durchs Löwenzahnfeld voran.

- Natürlich! Ihr könnt mit mir kommen, wenn ihr wollt.

Er guckt neugierig.

- Ist das die Wand, von der wir gesprochen haben?

Sie hält seine linke Hand.

- Ja. Wir gehen geradewegs darauf zu.

Dang läuft mit hochgeworfenen Armen los.

- Das ist die beste Wand meines Lebens!

Jolie hebt den Kopf hoch.

- Es hat bereits einen Kleber an der Wand. Siehst du ihn?

Er steht vor der Wand.

- Ich glaube es nicht. Darauf steht: Bekleben verboten.

Sie fährt ihm über den Arm.

- Beachte ihn nicht!

Dang übergibt Huch den Kleber.

- Ich weiß nicht, was ich tun soll.

Ein Mann tastet sich der Wand entlang.

                              - Hallo, ich bin Charles Bola.

Er trägt alte Turnschuhe und nimmt Huch den Kleber ab.

- Ich helfe euch.

Damit überklebt er das Verbot.

Jolie schiebt die Unterlippe vor.

- Was machen wir, wenn einer kommt und sagt: Könnt ihr nicht lesen?

Bola hebt die Hände auf Schulterhöhe.

- Fragt einfach: Was?

Das Team aus dem Hutladen

Vom Dickicht umrankt, mit Moos, Flechte und Farn bewachsen, erhebt sich eine Felswand. Über ein Labyrinth
aus Holztreppen und schmalen Pfaden erreicht Huch ein
Plateau. Die Sonne erwärmt den Stein.
Eine Frau geht in Schleifen durch den Hang.

- Hallo, ich bin Alva Freitag.

Sie trägt ein schlangengrünes Kleid.
- Ich hätte gern eine Rose und eine hübsche Karte
Ein Mann kommt aufs Plateau.

- Hallo, ich bin Vito Bik.

Er trägt einen Schlapphut und bringt eine Rose.
- Die Blume ist für euch.
Alva hält die Blüte vor die Nase.
- Danke vielmals!
Sie findet eine Karte am Stiel.
- Was steht darauf?
Bik sagt mit geschlossenen Augen.
- Ich habe meinen Herzenswunsch aufgeschrieben.
Alva liest.
- Ich würde gern ein Team bilden.
Er zupft an seinem Hut.

- Mich eingerechnet, wären wir bereits 3 Mitglieder.
Sie riecht an der Rose.
- Bist du nicht gern allein?
Bik lächelt scheu.
- Nein! Ich suche lieber Freunde.
Alva lehnt an Huch.
- Er hätte gern einen Freund.
Bik legt das Kinn auf den Handrücken.
- Seid ihr Freunde?
Huch sieht ihn an.
- Wie kommst du darauf?
Bik legt alle Zuneigung in seine Stimme.
- Ich betrachte eure Bewegungen. Sie bewegen mich.
Er trippelt auf Zehenspitzen herum.
- Das ist etwas, dass man mitteilen muss.
Alva fasst sein Handgelenk.
- Woher hast du den Hut?
Bik biegt die Finger nacheinander ein.
- Zähle bis 100, und wir sind im Hutladen.
Sie wirft den Kopf zurück.
- Wie wäre es, wenn wir ohne zu zählen gehen?
Er zieht die Unterlippe ein.
- Auch gut!
Ein birkenweißes Schild mit dem Schriftzug „Hutladen"
weist auf einen Bergweg, der sich durch den Hang zu ei-
nem Hexenhaus mit spitzem Dach hinunterschlängelt.
Eine Frau steht unter der Tür.

- Hallo, ich bin Mathilde Centeno.

Sie trägt einen Minirock.

- Glückwunsch, dass ihr meinen Laden gefunden habt!

Alva schiebt mit halb geschlossenen Augen das Haar zurück.

- Vito hat uns den Weg gezeigt.

Bik gluckst belustigt.

- Ich führe die Menschen gern zu deinem Laden.

Mathilde wippt mit dem rechten Fuß.

- Ich gebe euch den Hut, den ihr wollt.

Alva schaut Huch an.

- Hast du einen bestimmten Wunsch?

Bik stellt die Unterlippe vor.

- Es macht uns Spaß, dich zu beraten.

Huch breitet die Hände auf Bauchhöhe aus.

- Danke! Ich bin mit meinem Strohhut zufrieden.

Mathilda streckt den Daumen nach oben.

- Ganz wie du willst!

Alva schmunzelt mit scharf gezeichneten Mundwinkeln.

- Ich würde gern heiraten.

Bik trommelt sich auf die Oberschenkel.

- Gerade jetzt oder in naher Zukunft?

Sie tritt von einem Bein aufs andere.

- Ich möchte nicht länger warten.

Mathilda runzelt die Stirn.

- Hast du schon einen Bräutigam gefunden?

Ein Mann kraxelt den Felsen hinauf.

                              - Hallo, ich bin Nikolai Boro.

Er trägt eine kurze Hose.

- Hoffentlich bin ich nicht zu spät.

Alva atmet tief ein.

- Ich bitte dich! Du kommst genau zur rechten Zeit.

Bik streckt die Arme zur Seite.

- Bevor wir es vergessen, möchten wir dich etwas fragen.

Mathilde richtet den Blick auf ihn.

- Was machst du lieber? Comics lesen oder heiraten?

Boro holt Luft.

- Wenn mir jemand hilft, die Krawatte zu binden, würde ich sofort heiraten.

Alva schlägt die Augen auf.

- Du trägst doch gar keine Krawatte!

Er kratzt sich am Kinn.

- Das stimmt. Aber zur Hochzeit würde ich mir eine wünschen.

Eine Frau geht über die Straße.

- Hallo, ich bin Liz Dallinger.

Sie trägt eine blonde Perücke und bringt eine gelborange Krawatte.

- Willst du sie?

Boro nimmt sie in die Hand.

- Gern! Das ist ein anziehendes Geschenk.

Alva legt sie ihm um den Hals.

- Sie steht dir gut.

Bik hüpft auf der Stelle.

- Möchtest du unser Freund sein?

Boro macht eine Faust mit nach oben zeigendem Daumen.

- Unbedingt! Das ist genau das, was ich suche.

Mathilde schlingt mit flinken Fingern den Knoten.

- Es macht dir doch nichts aus, wenn ich die Krawatte binde?

Er lächelt stolz.

- Im Gegenteil! Ich fühle mich wie neu geboren.

Liz lässt den Blick langsam herumwandern.

- Vielleicht gibt dir jemand einen Tipp, was du nun tun könntest.

Alva läuft auf Boro zu.

- Ich habe eine Rose. Du trägst eine Krawatte. Wollen wir jetzt heiraten?

Er öffnet die Lippen.

- Aber sicher! Bevor der Krawattenknopf wieder aufgeht!

Bik führt die Gruppe mit bedächtigen Schritten an.

- Ich weiß, wo die Kapelle ist.

Mathilde reibt sich vor Freude die Hände.

- Dann sind wir jetzt ein Hochzeitsteam.

Boros Hände flattern wie aufgeregte Vögel.

- Ich hatte noch nie so gute Freunde wie euch.

Liz zeigt mit dem Finger in die Richtung des Weges.

- Es geht los! Den ganzen Tag habe ich auf eine Hochzeit gewartet.

Ein Mann tritt aus dem Grasdickicht.

- Hallo, ich bin Jaro West.

Er trägt ein dunkles Hemd und bringt eine Kreide.

- Heiraten ist schön. Gehörst du zum Team?

Huch lehnt gegen eine Felswand.

- Ja, ich bin ein Mitglied.

West greift sich an die Stirn.

- Darf ich die andern fragen, ob sie mich auch aufnehmen?

Huch zieht die Schultern ein.

- Das ist eine persönliche Frage, die du selber entscheiden solltest.

West drückt ihm die Kreide in die Hand.

- Ich bin ein Optimist. Ich denke, sie sagen ganz gewiss Ja.

Huch senkt die Lider.

- Sicher! Sie freuen sich.

West läuft dem Team nach.

- Wollt ihr ein neues Mitglied?

Eine Frau steigt leichtfüßig vom Berg.

- Hallo, ich bin Talea Elida.

Sie trägt einen Reifrock mit Rüschen.

- Ich finde es toll, wie du die Kreide in der Hand hältst.

Huch lächelt mit halboffenen Augen.

- Danke! Alle können so mit einer Kreide dastehen.

Sie fährt mit den Fingerspitzen über die Lippen.

- Möchtest du zeichnen?

Er lässt die Arme baumeln.

- Was denkst du?

Ihre Hand berührt seine Schulter.

- Ich wünsche ein lebensgroßes Bild von dir.

Huch lupft die Augenbrauen.

- Hättest du gern ein Strichmännchen, das sich irgendwo hinstellt?

Sie lenkt den Blick an ihm vorbei zur Felswand.

- Nein, du zeichnest, wie du schläfst und offenbar träumst.

Er zaubert mit Kreisen und Strichen ein liegendes Männchen an die Wand.
- Wie findest du es?
Talea krümmt Daumen und Zeigefinger zu einem Kreis.
- Es ist dir geglückt.
Ein Mann guckt aus dem Hutladen.

- Hallo, ich bin Andre Costello.

Er trägt eine taubenblaue Uniform.
- Ich würde euch gern ein Sofa bringen.
Talea streckt die Arme in die Luft.
- Danke vielmals! Das brauchen wir.
Costello beugt den Oberkörper vor.
- Wie habt ihr es gern? Soll die Frau hinten oder vorn sein?
Talea macht eine große ausladende Handbewegung.
- Sie geht voran.
Eine Frau hilft Costello, ein chilirotes Sofa aus dem Hutladen zu tragen.

- Hallo, ich bin Sonja Patelli.

Ihre dunkelvioletten Pumps klappern.
- Ihr solltet unserem Team beitreten.

Ein großes Ei

Glitzernd spiegelt sich eine Brücke im Fluss. Das Wasser schimmert silbern.

Huch folgt dem Ufer.

Den Weg umgeben hohe Bäume.

Eine Frau kommt über die Brücke.

- Hallo, ich bin Alina Findeisen.

Sie trägt eine Robe aus brillantblauer Seide und bringt eine Tafel.

- Noch ist sie ganz weiß.

Huch blinzelt durch die Sonnenbrille.

- Es gibt verschiedene Tafeln.

Adelina schaut ihn von der Seite an.

- Richtig! Und diese hier ist zum Bemalen gemacht.

Ein Mann läuft das Ufer entlang.

- Hallo, ich bin Darius Glock.

Er trägt eine Zipfelmütze und bringt einen Topf mit sonnenblumengelber Farbe.

- Wie viele Farben wollt ihr?

Alina schenkt ihm einen direkten Blick ins Gesicht.

- Zum Starten nähmen wir erst mal diese, wenn es dir recht ist.

Glock reckt das Kinn.

- Selbstverständlich! Damit sind wir das glücklichste Team.

Sie tippt sich mit dem Zeigefinger an die Nase.

- Ich mag helle Farben.

Er beugt sich über den Topf.

- Ja, auf seine Art ist dieses Gelb wunderschön.

Alina stützt das Kinn in die Hand.

- Suchen wir einen Pinsel?

Glock räkelt sich mit halb geschlossenen Augen.

- Ist gut! Ich bin zuversichtlich, dass wir einen finden.

Sie dreht sich um, schaut Huch an.

- Wie siehst du das?

Eine Frau überquert die Brücke im Geschwindschritt.

- Hallo, ich bin Hanna Bila.

Sie trägt einen Morgenmantel und bringt einen Pinsel.

- Ich bin gleich bei euch.

Alina steht der Mund offen.

- Du bist schnell.

Glock legt sich die Hände vor das Gesicht.

- Wir sind beeindruckt.

Hanna wirft den Kopf in den Nacken.

- Ich hoffe, ihr könnt einen Pinsel brauchen.

Alina legt die Tafel auf den Uferweg.

- Und wie! Vielleicht zeigst du uns, was man damit alles machen kann.

Hanna malt Kreise in die Luft.

- Es gibt viele Menschen, die ihn einfach mal in die Hand nehmen und ausprobieren. Wer möchte ihn?

Glock wirft Huch einen Blick zu.

- Warum zögerst du?

Huch öffnet leicht die Lippen, als würde er gerade ganz tief durchatmen.

- Ich denke nach.

Hanna reicht ihm den Pinsel.

- Tunke ihn in die Farbe! Das ist relativ einfach.

Alina blinzelt mit den Augen.

- Es wird dir gefallen.

Glock hält ihm den Topf hin.

- Ich habe die Farbe extra für dich gebracht.

Hanna tippt Huch an die Schulter.

- Möchtest du es versuchen?

Er taucht den Pinsel in die Farbe.

- Wenn es euch nicht stört.

Alina neigt den Kopf.

- Im Gegenteil! Es freut uns.

Glock stellt sich auf die Zehenspitzen.

- Scher dich nicht darum, was andere Leute denken!

Huch atmet durch.

- Eins müsst ihr wissen. Ihr seid nicht einfach Leute für mich.

Hanna deutet mit dem Finger auf ihn.

- Wie fühlst du dich beim Malen?

Er zieht die Schultern hoch.

- Ich habe noch gar nicht angefangen.

Alina hebt die Augenbraue.

- Beginne so bald wie möglich.

Glock klemmt die Mundwinkel zu einem Lächeln ein.

- Lass dich nicht hetzen!

Hanna dreht sich schwindelerregend schnell im Kreis.

- Genau! Wir haben viel Zeit und könnten etwas besprechen. Ich würde mich nämlich gern verloben.

Ein Mann rennt herbei.

- Hallo, ich bin Ilja Kaps.

Er trägt eine Brille.

- Ich freue mich, euch zu treffen.

Alina streicht mit dem Finger über die Wange.

- Wir sind am Planen.

Kaps hebt den Ellbogen.

- Was habt ihr vor?

Glock drückt die Hände zusammen.

- Wir sammeln Ideen für eine Verlobung.

Hanna lacht ihm ins Gesicht.

- Vielleicht bist du dabei.

Kaps fährt sich übers Haar.

- Ich wüsste nicht, was ich lieber täte.

Alina kreist um ihn herum.

- Es ist uns eine Ehre, dich ins Team aufzunehmen.

Glock guckt neugierig.

- Möchtest du dich verloben?

Kaps breitet die Arme aus.

- Bedenkenlos! Das würde mir gefallen.

Hanna streift mit der Zehenspitze seinen Fuß.

- Mir fällt die richtige Frage nicht ein.

Kaps atmet tief durch.

- Worum geht es?

Alina schaut mit jeder Kopfdrehung auf Hanna.

- 2 von uns wollen sich verloben, stimmt's?

Glock schlägt sich an die Stirn.

- Was fehlt da noch?

Hanna berührt Kaps' Ellbogen.

- Verlobst du dich mit mir?

Sein Herz klopft gewaltig.

- Von Anfang an hatte ich gehofft, dass du mich fragst. Gern sage ich Ja.

Alina probiert einen Tanzschritt.

- Wir feiern ein riesiges Verlobungsfest.

Glock macht einen Handstand und tapst auf den Händen hin und her.

- Seid ihr schon jemals in einem Einbaum gesessen?

Hanna bleibt der Mund offen.

- Nein, noch nie! Aber ich träume jede Nacht davon.

Kaps dreht sich in Huchs Richtung.

- Gibt es hier in der Nähe einen Bootssteg?

Eine Frau steht in einem Einbaum, rudert ans Ufer.

- Hallo, ich bin Mary Lido.

Sie trägt einen Glitzerrock.

- Ihr seid so ein sympathisches Team.

Alina stellt sich an den Fluss.

- Danke! Wir brauchen ein Boot.

Glock holt Luft.

- Ist der Einbaum schwer zu steuern?

Mary zeigt beim Lächeln alle Zähne.

- Nein! Steigt ein! Habt ihr ein Ziel?

Hanna lässt die Worte auf der Zunge zergehen.

- Und was für eines! Wir suchen Ringe.

Kaps hängt an ihren Lippen.

- Wir sind so gut wie verlobt.

Mary legt den Kopf seitlich auf die Schulter.

- Setzt euch in den Einbaum und entspannt euch. Die Welt ist voller Ringe. Aber ich führe euch zu den schönsten.

Alina nähert sich auf Zehenspitzen.

- Ich kann mir vorstellen, dass er schwankt, wenn wir einsteigen.

Mary streckt ihr den Arm entgegen.

- Sei mutig und wag es!

Glock bewegt sich behutsam.

- Was für ein Glück wir haben!

Hanna schlingt die Arme um Kaps' Hals.

- Es ist schon ein Schritt vom sicheren Ufer ins Boot.

Er zögert.

- Soll ich dir helfen?

Sie klettert in den Einbaum.

- Danke, es geht schon.

Mary schaut Huch an.

- Kommst du mit?

Ein Mann wieselt zum Ufer.

- Hallo, ich bin Quentin Olivetti.

Er trägt eine Hasenohrenmütze.

- Lädt ihr mich auch ein?

Alina reißt die Arme hoch.

- Natürlich! Du bist willkommen.

Glock legt die Beine übereinander, wippt mit dem Fuß.

- Wir bereiten gerade die Abfahrt vor.

Olivetti setzt sich aufrecht und mitten in den Einbaum.

- Danke! Ihr seid über die Maßen freundlich. Was kann man dazu sagen?

Hanna hält sich die Hände wie Hasenohren an die Schläfen.

- Sag nichts und genieße die Fahrt.

Kaps trommelt gedankenversunken mit den Fingern auf den Einbaum.

- Entspanne dich.

Mary beugt den Rücken.

- Du darfst auch schlafen, wenn du willst.

Olivetti zieht Schuhe und Socken aus.

- Das klingt angenehm.

Eine Frau springt wie ein Gummiball zu Huch.

- Hallo, ich bin Polina Rossetti.

Sie trägt ein Rüschenkleid.

- Male bitte ein großes Ei!

Der schlafende Löwe

In einem riesigen Wald wölben Wurzeln die Straße auf.
Huch schreitet unter den grünen Baldachinen der Bäume.
Grün-metallisch schillern die Flügeldecken eines Großen
Rosenkäfers am Stamm einer alten Eiche.
Eine Frau wandelt unter den herabhängenden Zweigen.

- Hallo, ich bin Amanda Santoro.

Sie trägt ein Schleifenkleid.
- Glaubst du, jemand kann uns sehen?
Ein Mann läuft barfuß übers Moos.

- Hallo, ich bin Kevin Ting.

Er trägt eine Kapuzenjacke.
- Es freut mich, euch zu treffen.
Amandas Händedruck ist fest.
- Wir kommen auch gern mit dir zusammen.
Ting schaut sie aus seinen blauen, fast wimpernlosen Augen an.
- Wollen wir ein Team bilden?
Ihr Lächeln erhellt den ganzen Wald.
- Unbedingt! Was haben wir vor?
Sein Blick gleitet zu Huch.
- Hast du einen Plan?

111

Eine Frau biegt auf die Waldstraße ein.

- Hallo, ich bin Friederike Cosa.

Sie trägt einen Ballettdress.
- Wollt ihr meine Freunde sein?
Amanda wischt mit dem Handrücken über die Stirn.
- Sicher! Du bist guter Laune.
Ting tritt ihr entgegen.
- Das gefällt uns.
Friederike legt den Finger auf den Mund.
- Was ist eure Lieblingsfarbe?
Amanda kichert in sich hinein.
- Unsere Lieblingsfarbe ist Grün.
Ein Mann eilt mit federnden Schritten herbei.

- Hallo, ich bin Jeremy Bilbao.

Er trägt eine bernsteinorange Mütze.
- Wollt ihr perfekt aussehen?
Ting hängt andächtig an seinen Lippen.
- Eigentlich schon. Warum soll man immer derselbe bleiben?
Friederikes Augen funkeln.
- Sag uns, was wir tun sollen.
Bilbao streckt die Nase nach vorn.
- Wir wecken einen schlafenden Löwen.
Amanda richtet den Blick auf Huch.
- Begleitest du uns?
Er lässt die linke Hand über seinen rechten Arm gleiten.

- Ja. Von den Tieren kann man viel lernen.

Sie wandern tiefer in den Wald hinein. Den Weg deckt das Blätterdach nahezu geschlossen.

Ting geht in geduckter Haltung.

- Ist das Wecken gefährlich?

Bilbao dreht sich um.

- Nein! Wahrscheinlich freut sich der Löwe.

Friederike stützt die angewinkelten Arme auf das Becken.

- Die Leute sagen, er sei klüger als andere Tiere.

Ein Lächeln umspielt Bilbaos Lippen.

- Ich finde, dass alle Tiere auf ihre Weise intelligent sind.

Farne breiten ihre fächerartigen Blätter aus. Bei der Wurzel einer mächtigen Buche schläft der Löwe. Sein Fell und seine Mähne schimmern grasgrün.

Amanda lehnt sich Huch entgegen.

- Ich bin mir ziemlich sicher, dass du ihn wachrufen möchtest.

Eine Frau hält im Gehen ein.

- Hallo, ich bin Dalia Pantani.

Sie trägt lackrote Schuhe.

- Wie lange möchtet ihr den Löwen noch schlafen lassen?

Tings Gesicht spannt sich.

- Er sollte gerade jetzt aufwachen. Das würde ich gern sehen.

Friederike lächelt hörbar.

- Willst du unsere Freundin sein?

Bilbao dehnt seine Arme.

- Oder gar Mitglied unseres Teams werden?

Dalia grätscht die Beine.

- Beides zugleich und sofort, wenn nichts dagegen spricht.

Amanda sieht sie aus großen Augen an.

- Im Gegenteil! Das gefällt uns.

Ting lässt den Fuß kreisen.

- Unser Team gewinnt gern neue Mitglieder.

Friederikes Hände zeichnen Bahnen durch die Luft.

- Es ist noch ein bisschen klein, aber es kann wachsen.

Bilbao schaut Dalia aufmunternd an.

- Kannst du dir vorstellen, den Löwen zu berühren?

Sie geht hin und streichelt ihn.

- Aber ja! Das mache ich gern.

Der Löwe wacht auf, gähnt.

Dalias Haare verfärben sich bei der Berührung.

Amanda zieht den Kopf ein wenig ein.

- Deine Haare sind grün geworden!

Ting hebt den Blick.

- Vorher waren sie kastanienbraun.

Friederike spreizt die Ellbogen ab.

- Die Farbe lässt dich jünger erscheinen.

Bilbao breitet die gestreckten Arme aus.

- Sie steht dir.

Dalia hebt vom Boden ab und schwebt schaukelnd in die Höhe.

- Danke! Wahrscheinlich habt ihr gar nicht bemerkt, dass ich mich auch sonst verwandelt habe.

Amandas Augen flattern durch den Wipfel.

- Du kannst fliegen!

Ting spannt die Hand kurz.

- Möchtest du den Rest deines Lebens in der Luft verbringen?

Dalia segelt über dem Blätterdach.

- Was weiß ich? Ich schwebe jetzt und genieße es.

Friederike legt sich auf den Waldboden und verfolgt den Flug.

- Ich hoffe, dass ich das irgendwann einmal schaffe.

Bilbao stellt sich auf ein Bein.

- Es gelingt dir gewiss.

Dalia hält den Zeigefinger nach oben.

- Du musst nur den Löwen berühren.

Amanda tritt näher, streift seine Mähne.

- Ich will auch grüne Haare.

Ting gerät in einen fortwährenden Schwebezustand.

- Kaum, dass ich ihn angelangt habe, verliere ich auch den Boden unter den Füßen.

Friederike betastet das Fell des Löwen, löst sich vom Boden.

- Fliegen ist einfach zu lernen.

Bilbao gleitet über den Wipfeln.

- Ich liebe es, federleicht zu sein.

Dalia ruft aus luftiger Höhe.

- Ist alles in Ordnung?

Der Ruf scheucht einen Mann auf.

- Hallo, ich bin Jim Rigg.

Er trägt einen Pullover.

- Der Löwe sieht müde aus.

Huch blickt sich um.

- Er ist soeben geweckt worden.

Rigg tappt aus dem Unterholz.

- Ich würde mich auch am liebsten hinlegen.

Eine Frau und ein Mann bringen Hängematten.

Die Frau zurrt das Seil an einem Baumstamm fest.

- Hallo, ich bin Melanie Hagedorn.

Sie trägt ein schulterfreies Kleid.

- Wir liegen gern unter Bäumen.

Der Mann spannt die Hängematte zum Nachbarbaum.

- Hallo, ich bin Hektor Katz.

Er trägt Nietenhosen.

- Im Wald bleibt die Zeit stehen.

Rigg sitzt ermattet auf einem Baumstrunk und hat den Kopf in die Hände gestützt.

- Mir fallen fast die Augen zu. Darf ich die erste Hängematte benutzen?

Melanie fasst seine Hand.

- Selbstverständlich! Wir haben sie extra für dich aufgehängt.

Katz hebt leicht die Nase.

- Wir verstehen dich.

Rigg trampelt vor Begeisterung mit den Füßen.

- Ich befürchtete schon, ich müsste warten.

Melanie lächelt stolz.

- Nur keine Sorge! Gleich kannst du dich entspannen.

Katz schiebt die Hüfte vor.

- Wir sind ein flinkes Team.

Rigg wirft sich in die Hängematte.

- Seid ihr verheiratet?

Melanie sieht sich nach anderen Bäumen um.

- Noch nicht! Zuerst relaxen wir.

Katz schlingt einen Knoten.

- Nachher planen wir die Hochzeit.

Rigg kreuzt die Arme über der Brust.

- Schließt ihr die Augen beim Küssen?

Melanie steigt in die zweite Hängematte.

- Nein, nur beim Schlafen.

Katz betrachtet den Löwen. Sein Blick wandert zu Huch.

- Wie findest du ihn?

Huch neigt den Kopf leicht zur Seite.

- Er ist stark.

Rigg holt tief Luft.

- Er atmet ruhig.

Melanie dehnt und reckt sich.

- Eine Pause machen ist niemals falsch.

Katz klopft Huch auf die Schulter.

- Es hat auch für dich eine Hängematte.

Die Rose

Der rote Mohn blüht.
Huch hört das Rascheln von Halmen und Zweigen.
Eine Frau läuft durch den Hang.

- Hallo ich bin Tina Lanugo.

Sie trägt ein golden glitzerndes Kostüm.
- Willst du mein Freund sein?
Ein Mann rennt daher.

- Hallo, ich bin Santiago Watt.

Er trägt sein Hemd weit aufgeknöpft.
- Ich verbringe gern Zeit mit euch.
Tina schiebt den Finger in den Mund.
- Fühlst du dich wohl bei uns?
Watt tänzelt beschwingt.
- Und wie! Wir könnten zusammen gehen.
Alte Bäume säumen den Weg.
Tina legt nach jedem Schritt eine winzige Pause ein.
- Ich hätte gern ein neues Kleid.
Watt schaut sie vergnügt an.
- Ich verstehe dich. Abwechslung macht sehr viel Spaß.
Eine Frau tippelt den Weg hoch.

- Hallo, ich bin Alma Gatti.

Sie trägt augenblaue Stöckelschuhe und bringt einen Koffer.

- Mein Koffer ist klein, aber er enthält eine große Überraschung.

Tinas Augen leuchten.

- Du machst mich neugierig.

Watt klopft Huch auf die Schulter.

- Willst du ihn öffnen?

Ein Mann flaniert auf dem Weg.

- Hallo, ich bin Arvid Castello.

Er trägt bernsteingelbe Jeans.

- Ihr scheint glücklich zu sein.

Ein Schmunzeln gräbt sich in Almas Wangen.

- Ja, wir freuen uns.

Watt drückt Castello den Koffer in die Hand.

- Es gibt nämlich etwas zum Staunen.

Alma senkt den Blick.

- Falls man ihn auftut.

Castello hält die Luft an.

- Ich frage mich, ob ich den Verschluss kippen soll oder nicht.

Tina stützt das Gesicht in die Hand.

- Du hast die Wahl.

Watt empfiehlt.

- Lass dir Zeit!

Alma berührt mit dem Fingernagel seinen Oberarm.

- Du kannst ja mal mit einem Verschluss beginnen.

Castello öffnet den Koffer.

- Nein, nein! Ich bewege lieber beide.

Tina nimmt ein eidechsengrünes Kleid heraus.

- Noch trage ich ein Glitzerkostüm. Aber ich ziehe mich um. Gleich seht ihr den Unterschied.

Watt reißt die Hände hoch.

- Ein Drache ist im Anflug!

Der glutorange Drache fliegt über die Wiese, landet, spreizt die Flügel.

Alma sagt zu Tina.

- Komm, wir stellen uns hinter ihn! Dort kannst du dich umziehen, ohne dass dich jemand dabei sieht.

Castello legt den Koffer ab.

- Es ist für alles gesorgt.

Tinas Augen funkeln.

- Ich wechsle für mein Leben gern die Kleider.

Watt dreht den Kopf nach links.

- Liebt ihr den Drachen?

Alma geht Arm in Arm mit Tina.

- Ja, wir mögen ihn.

Castello setzt sich ins Gras.

- Er ist still und friedlich.

Tina tritt hinter die Flügel.

- Hilf mir beim Ausziehen!

Alma folgt ihr, richtet den Blick prüfend aufs Glitzerkostüm.

- Es wird wahrscheinlich leicht sein, den Reißverschluss zu öffnen.

Watt riecht an einer Blüte.

- Was ist das für eine Blume?

Castello schließt die Augen.

- Bestimmt ist es eine außergewöhnliche.

Watt pult ihm mit dem Zeigefinger im Nacken herum.

- Das mag sein. Ich sehe hier gar keine gewöhnlichen.

Castello streckt die Arme wie zum Schutz vor der blenden-
den Sonne aus.

- Siehst du? Das ist genau der Grund, weshalb ich dachte:
Diese Blume lässt alles Gewöhnliche weit hinter sich.

Watt dreht sich im selbstvergessenen Tanz.

- Außer, ich würde mich an sie gewöhnen.

Castello zuckt mit der Hand.

- Du kannst dich gar nicht an sie gewöhnen.

Watt wirft den Kopf zur Seite.

- Warum nicht?

Castello hebt einen Fuß hoch, winkelt ihn leicht an.

- Weil sie außergewöhnlich riecht.

Tina kommt hinter dem Flügel des Drachen hervor.

- Wir haben uns umgezogen.

Watt strahlt und neigt den Kopf zur Seite.

- Das grüne Kleid steht dir gut.

Alma trägt Tinas Kostüm.

- Und wie sehe ich im Glitzer aus?

Castello springt auf.

- Mir steht das Herz still! So schön!

Tina streichelt den Drachen am Hals.

- Ich nehme jeden Tag ein Bad.

Watt schwingt sich auf seinen Rücken.

- Ist gut! Dann fliegen wir zum See.

Alma legt kurz die Hand auf Huchs Schulter.

- Du musst mitkommen.

Ein Lächeln huscht über sein Gesicht.

- Wenn ihr meint.

Castello setzt sich hinter Watt auf den Drachen.

- Das wünschen wir unbedingt.

Der Drache senkt den Flügel, lässt Tina aufsteigen.

Sie wählt den Platz beim Hals.

- Manchmal kann er es kaum erwarten, Menschen zu tragen.

Watt streicht ihm über den Rücken.

- Es kommt mir so vor, als ob er unser Freund ist.

Alma klettert auf den Drachen, dreht sich nach Huch um.

- Schwimmst du gern?

Er wedelt mit der Hand.

- Ab und zu macht es mir Spaß.

Castello beugt sich zu ihm herab.

- Steigst du auf?

Eine Frau kommt forschen Schrittes heran.

- Hallo, ich bin Joana Manglano.

Sie trägt einen Sternenmantel und sagt zu Huch.

- Ich würde gern heiraten.

Tina lächelt mit den Augen.

- Ich glaube, ihr seid ein Traumpaar.

Watt blinzelt in die Sonne.

- Wir freuen uns auf die Hochzeit.

Alma beschäftigt beide Hände mit den Haaren.

- Wir fliegen nur kurz zum See und sind gleich zurück.

Castello rutscht auf dem Drachen hin und her.

123

- Frisch gebadet werden wir alles organisieren.

Joana lehnt zurück und blickt nach oben.

- Danke vielmals! Wir warten auf euch.

Der Drache schlägt die Flügel, hebt ab. In einem weiten Bogen gewinnt er Höhe, fliegt fort.

Joana wickelt sich spielerisch eine Haarsträhne um den Finger.

- Die Hochzeit beginnt, sobald sie zurückkommen.

 Ein Mann nähert sich mit federndem Gang.

                                        - Hallo, ich bin Nino Amato.

Er trägt Schlaghosen.

- Es hat viele Blumen in der Wiese.

Joana reckt den Kopf ein wenig.

- Ja, ich mag sie sehr.

Amato reibt sich die Hände.

- Dann haben wir ja die gleichen Vorlieben.

Sie fragt nach einem langen, sehr festen Blick in seine Augen.

- Was ist deine Lieblingsblume?

Er spreizt die Finger.

- Eine Rose riecht ganz fein.

Joana legt ihre Hand auf seine.

- Du hast große Hände.

Amato klopft Huch auf die Schulter.

- Danke! Ich finde, wir sind ein gutes Team.

Sie berührt Huchs Ohr.

- Ja, wir passen zusammen.

Amato wippt im immer gleichen Takt von einem Bein aufs

andere.

- Habt ihr ein Projekt?

Joana stellt sich auf die Zehenspitzen.

- Durchaus! Ich möchte nämlich heiraten.

Er neigt den Kopf.

- Herzlichen Glückwunsch!

Ihr Herz fängt an zu pochen.

- Danke vielmals! Aber ich habe noch keinen Mann.

Amato reißt die Augen auf.

- Ich bin überrascht, das zu erfahren.

Joana wischt sich die Stirn.

- Schenkst du mir eine Rose?

Er stellt ein Bein aus.

- Ich mache alles für dich.

Flipflops probieren

Aus der Flussschleife steigt eine Stadt. Huch folgt einer Katze. Torbogenartig öffnet sich die Gasse unter einem Turm.
Eine Frau schlendert über den Gehsteig.

- Hallo, ich bin Meike Min.

Sie trägt ein lilafarbenes Abendkleid.
- Du bist willkommen.
Huch lässt sich ein Lächeln entlocken.
- Da bin ich froh, danke!
Meike erkundigt sich.
- Kannst du gut schwimmen?
Ein Mann tigert durch die Gasse.

- Hallo, ich bin Björn Küpper.

Er trägt ein Jackett mit einem Sticker am Revers.
- Ich schwimme wie ein Fisch. Das ist keine Übertreibung.
Sie lässt die Lippen beim Reden leicht auseinandergehen.
- Cool! Dann gründen wir ein Schwimmteam.
Er nimmt das Jackett über die Schulter.
- Ich wollte eigentlich heiraten.
Meikes Augenlider sind schwer.
- Bin ich zu spät?

Küpper schaut ihr ins Gesicht.

- Wie meinst du das?

Sie stellt sich auf die Zehenspitzen.

- Hast du eine Braut?

Er streckt die Hände weit von sich.

- Nein, ich suche schon lange.

Meike streicht sich das Haar aus dem Gesicht.

- Ich wäre gern deine Frau.

Küpper legt die Hand aufs Herz.

- Das freut mich. Die Einzige, der ich das Jawort geben würde, bist du.

Ihre Oberlippe bebt fast unmerklich.

- Warum möchtest du das machen?

Er hebt die Augenbrauen.

- Du bist unglaublich attraktiv.

Meike führt mit beiden Händen parallele Schlängelbewegungen durch.

- Denkst du, wir sollten gleich zum Schloss schwimmen?

Küppers Herz schlägt schneller.

- Ja, unverzüglich! Es ist ein Wunder, dass wir uns so rasch entschließen konnten.

Sie deutet mit dem Finger auf Huch.

- Du bist in unserem Team. Möchtest du Trauzeuge sein?

Eine Frau hopst durch die Gasse.

- Hallo, ich bin Claire Nana.

Sie trägt einen Bademantel.

- Wie würdet ihr euer Team beschreiben?

Meikes Augenbrauen hüpfen.

- Bei uns ist alles eingeschlossen, sowohl das Schwimmen als auch das Heiraten.

Küpper wippt herum.

- Wir laden dich ein.

Claire legt den Arm an den Körper.

- Danke vielmals! Darf ich Trauzeugin sein?

Meike beugt sich vor.

- Gern! Du schwimmst mit uns.

Küpper schaut die Gasse hinauf und hinab.

- Die Hochzeit ist im Schloss.

Claire klopft mit dem Fuß auf den Boden.

- Das wird bestimmt ein fröhliches Fest.

Meike setzt einen Fuß vor den anderen.

- Ich denke, wir sollten jetzt zum Fluss gehen.

Claire folgt ihr.

- Bist du die Braut?

Meikes Augen leuchten.

- Ja! Es macht mich glücklich.

Claire lässt den Blick zwischen Küpper und Huch hin und her wandern.

- Wer ist der Bräutigam?

Küpper lächelt von Ohr zu Ohr.

- Das bin ich! Ich habe noch nie geheiratet. Es ist das erste Mal.

Claire schreibt Ringe in die Luft.

- Hast du deiner Braut gesagt, wie sehr du sie liebst?

Er hebt den Kopf.

- Noch nicht! Aber es ist ein perfekter Tag für die Liebeserklärung.

Meike wandert zum Stadttor hinaus.

- Genau! Und wir sollten nicht versäumen, in die Zukunft zu blicken.

Ein Mann stolziert über die Steine am Flussufer.

- Hallo, ich bin Damon Dor.

Er trägt eine Baseballmütze und bringt eine Kristallkugel.

- Wahrscheinlich wollt ihr wissen, wie eure Chancen aussehen.

Küpper hebt den Daumen.

- Ich bin aufgeregt und hoffe, dass ich mich beim Schwimmen entspanne.

Claire bewegt die Hand auf und ab.

- Das ist eine gute Idee. Trotzdem solltet ihr einen Blick in die Kugel werfen.

Meike schaut in die Kugel.

- Ich sehe das Gras vor dem Schloss. Es ist hellgrün.

Küpper buckelt zum Rundrücken.

- Und ich sehe den Kiesweg im Park.

Claire meint mit Blick auf die Kristallkugel.

- Das ist die nächste Zukunft. Jetzt dauert es nicht mehr lange, bis wir beim Schloss sind.

Dor sagt mit leuchtenden Augen.

- Wenn es ums Heiraten geht, ist das Schloss der schönste Ort.

Der Fluss rauscht im verspielten Zickzackkurs.

Meike neigt das Becken leicht nach vorne.

- Ich freue mich.

Küpper legt das Jackett auf einen Fels.

- Ich habe vergessen, die Badehosen mitzunehmen.

130

Claire zieht den Bademantel aus.

- Ich bin hungrig.

Eine Erdbeere schwebt über das Flussufer.

Dor schiebt den kleinen Finger zwischen die Lippen.

- Vielleicht können wir sie fangen.

Meike blickt der Erdbeere versonnen nach.

- Wie stehen die Chancen?

Küpper räkelt sich.

- Gut! Wir können es ruhig angehen.

Claire wählt einen lockeren Laufschritt.

- Schwebende Erdbeeren haben es nicht gern, wenn man sie hetzt.

Dor trippelt hinterher.

- Irgendwie schaffen wir es schon, sie zu schnappen. Da bin ich überzeugt.

Meike steigert das Tempo ihrer Schritte.

- Wir brauchen kein Netz.

Küpper reckt den Arm.

- Wir fangen sie von Hand.

Das Schwimmteam verschwindet im Schilf.

Eine Frau begegnet Huch.

- Hallo, ich bin Nina Luba.

Sie hat ein federweißes Rüschenkleid an.

- Ich trage dasselbe Kleid wie immer.

Huch hebt das Kinn.

- Das ist keine schlechte Idee.

Nina wechselt vom Stand- aufs Spielbein.

- Ich weiß nicht, ob es dir gefällt.

Er hebt die Brauen.

- Es steht dir gut.

Sie heftet ihre Augen an sein Gesicht.

- Danke! Hast du einen Lippenstift dabei?

Ein Mann streift durchs Ufer.

- Hallo, ich bin Egon Brom.

Er trägt Flipflops und bringt einen Lippenstift.

- Möglicherweise ist das genau der Stift, den du suchst.

Sie zieht die Lippen nach.

- Dankeschön! Du bist nett.

Brom kratzt sich am Nacken.

- Was habt ihr vor?

Nina entblößt beim Lächeln die obere Zahnreihe.

- Wir würden dich gern tanzen sehen.

Er verdreht die Hände.

- Denkt ihr an eine bestimmte Bewegung?

Sie blinzelt in die Sonne.

- Ja sicher! Sie soll sorglos wirken und Spaß machen.

Brom schwingt die Hüften.

- Wie war ich?

Nina stößt ihn sanft.

- Ausgezeichnet!

Er bewegt sich in Trippelschritten.

- Wollt ihr sonst noch etwas?

Sie schlägt sich auf die Oberschenkel.

- Durchaus! Wäre es nicht lustig, einen fliegenden Fisch zu beobachten?

Brom lacht mit weit aufgerissenem Mund.

- Doch, das könnte schöne Erinnerungen hinterlassen.

Er blickt Huch an.

- Weißt du, wo es Flugfische gibt?

Eine Frau läuft barfuß über die Steine.

- Hallo, ich bin Soraya Zoya.

Sie trägt ein geblümtes Kleid.

- Ich führe euch zu einem backpulverweißen Kieselstein.

Dort fliegt der Fisch vorbei.

Nina legt ihren Unterarm auf den Bauch.

- Ich freue mich sehr.

Brom fragt Soraya.

- Gefallen dir meine Flipflops?

Sie spielt mit den Zehen.

- Ja, ich würde sie gern anprobieren.

Nina wippt in den Knien.

- Hast du die gleiche Schuhgröße?

Soraya setzt sich auf einen Fels.

- Das finden wir gleich heraus.

Brom reicht ihr die Flipflops.

- Du fühlst dich beim ersten Schritt relaxt.

Soraya schlüpft hinein.

- Das wird höchstwahrscheinlich eintreffen.

.

Der Sammler auf dem Golfplatz

Das Wasser stürzt den Berg hinab.
Huch drückt den Rücken ins Hohlkreuz.
Ein Bach rauscht die Felswand entlang.
Eine Frau marschiert mit baumlangen Schritten.

- Hallo, ich bin Jasmina Fluke.

Sie trägt ein knallrotes Kleid.
- Ich hätte gern einen Schirm.
Ein Mann tritt auf.

- Hallo, ich bin Noah Kirstein.

Er trägt einen hellvioletten Anzug und bringt einen Schirm.
- Ich sehe euch gern. Ihr seid ein schönes Paar.
Jasmina dreht das Handgelenk.
- Danke! Würdest du uns bitte deinen Schirm geben?
Kirstein atmet flach.
- Ist er nicht zu klein?
Sie streift mit dem Finger über die Braue.
- Nein, er hat genau die richtige Größe.
Er reicht ihr den Schirm.
- Oh, ich merke, ihr habt viel mehr Erfahrung mit Schirmen
als ich.
Jasmina schließt die Augen.

- Wieso denn? Wir suchten nur einen Schirm und haben ihn gefunden.

Kirstein geht ein wenig in die Knie.

- Ich bin müde.

Sie lenkt den Blick auf Huch.

- Hast du eine Idee, wo Noah sich ausruhen könnte?

Eine Frau beschleunigt die Schritte.

- Hallo, ich bin Salome Wang.

Sie trägt leinenweiße Handschuhe.

- Ihr könnt mich immer um Hilfe bitten.

Jasmina lässt das Becken wippen.

- Dafür sind wir dir dankbar.

Kirstein gähnt.

- Ich würde mich glücklich fühlen, wenn ich ein wenig relaxen könnte.

Salome zieht die Handschuhe aus und wieder an.

- Auf euch wartet der weiche Rasen eines Golfplatzes.

Sie folgen dem Uferweg. Eine schmale Brücke überwindet einen Felsspalt. Vögel pfeifen. Der Wind rauscht in den Blättern.

Jasmina blickt Huch mit leicht gesenktem Kopf an.

- Kommst du auch mit?

Huch drückt den Zeigefinger auf die Daumenbeere.

- Ja. Der Weg gefällt mir.

Kirstein setzt einen Fuß vor den anderen.

- Es freut mich, dass du dabei bist.

Salome lächelt in sich hinein.

- Beim Relaxen lernt man sich am besten kennen.

Jasmina erreicht den Golfplatz.

- Es ist an der Zeit, dass ich mich hinlege.

Kirstein wackelt mit den Händen.

- Der Rasen ist so weich, dass ich laut applaudieren würde, wenn ich nicht zu müde wäre.

Salome wirft die Haare über die Schulter.

- Wenn mich jemand fragt, ob ich relaxen möchte, sage ich immer Ja.

Jasmina liegt bäuchlings, spannt den Schirm auf.

- Ein Rasen kann manchmal ein bequemes Bett sein.

Kirstein entspannt sich.

- Stress und Relaxen sind so unterschiedlich wie Himmel und Erde.

Salome streckt die Beine.

- Ich würde gern einen sehr gut aussehenden Prinzen treffen.

Ein Mann trippelt über den Golfplatz.

- Hallo, ich bin Enrico Dido.

Er trägt ein pflaumenviolettes T-Shirt und fragt Salome.

- Willst du mich fangen?

Sie räkelt sich.

- Später vielleicht. Wir sind gerade am Relaxen.

Dido senkt den Blick.

- Ich liebe Spiele, vor allem das Fangen.

Jasmina richtet den Blick auf ihn.

- Du siehst aber auch müde aus.

Kirstein aalt sich in der Sonne.

- Leg dich zu uns!

Salome streicht über die Gräser.

- Der Ort ist gut.

Dido räuspert sich.

- Man kann auf verschiedene Weisen relaxen. Wer ist euer Coach?

Jasmina tippt mit der Schirmspitze gegen Huch.

- Möchtest du unser Coach sein?

Eine Frau kommt daher.

- Hallo, ich bin Anja Baldi.

Sie trägt einen Armreif aus Leder und Silber.

- Darf ich euch einen Coach vermitteln?

Kirstein lehnt sich entspannt zurück.

- Aber ja! Wir tun gern, was er sagt.

Salome legt die Hände um die Knie und schaukelt hin und her.

- So können wir eine Menge lernen.

Dido haut sich auf die Schenkel.

- Man muss etwas denken, bevor man relaxt.

Anja ruft über den Platz.

- Können wir einen Coach bekommen?

Ein Mann hoppelt über den Rasen.

- Hallo, ich bin Giuliano Stropp.

Er trägt blitzblaue Jeans.

- Ich bin euer Coach und darf euch nie verhätscheln.

Jasmina dreht sich auf den Rücken.

- Ist gut! Ich ziehe mir schnell ein anderes Kleid an.

Kirstein führt langsam die Hand vors Gesicht.

- Kommt es darauf, was man beim Relaxen trägt?

Stropp lässt die Hand über das Bein gleiten.

- Meine Meinung ist zweitrangig. Wie denkt ihr darüber?

Salome reibt sich über die Kniescheiben.

- Man sollte die Kleider wechseln, wann immer man Lust hat.

Dido greift sich ans Herz.

- Klar! Das akzeptieren alle Teammitglieder.

Anja strafft sich.

- Ich sehe es auch so.

Stropp lässt den Blick zu Huch schweifen.

- Weißt du, wo es auf dem Golfplatz Kleider gibt?

Eine Frau nähert sich mit schlenkernden Bewegungen und hängenden Schultern.

- Hallo, ich bin Evelina Giri.

Sie trägt ein Plusterkleid und bringt eine Kiste.

- Ich kann meine Gefühle für euch nicht verbergen. Ich liebe euch.

Jasmina tätschelt die Kiste.

- Ist etwas darin?

Evelina klopft mit der flachen Hand auf den Deckel.

- Ja. Sie birgt etwas Wertvolles.

Kirstein fährt mit dem Zeigefinger über den Verschluss.

- Sagst du uns mehr dazu?

Evelina lässt das Becken kreisen.

- Sicher! Es ist ein leichtes Kleid.

Salome glättet das Gesicht zu einem sonnigen Lächeln.

- Du bist unsere Freundin.

Dido weist auf den Rasen.

- Hier ist ein guter Ort.

Evelina stellt die Kiste ab.

- Gern! Habt ihr Lust auf etwas Ungewöhnliches?

Anja schlägt ein Rad.

- Natürlich! Öffne die Kiste!

Stropp schlenkert mit den Armen.

- Wir möchten ein bisschen Unterhaltung haben.

Evelina hebt den Deckel.

- Das trifft sich gut. Ich habe eine Überraschung für euch.

Jasmina späht in die Kiste.

- Ein Blümchenkleid! Darf ich es herausnehmen?

Evelinas Haar wischt über den Nacken, gibt die Schulter frei.

- Das könnte eine gute Idee sein.

Kirstein reckt den Arm nach oben.

- Entspricht es deinen Erwartungen?

Jasmina schält sich aus dem knallroten Kleid.

- Mehr als das! Es übertrifft sie.

Salome gestikuliert mit den Armen.

- Ich wünsche dir, dass du dich im Blümchenkleid wohlfühlst.

Dido klatscht in die Hände.

- Ich hoffe, dass du Spaß hast.

Anja wirbelt im Kreis durch die Luft.

- Ich stelle mir vor, dass du darin gut aussiehst.

Stropp holt tief Luft.

- Ist die Kiste schwer?

Evelina hält sie hoch.

- Nein, man spürt das Gewicht kaum.

Jasmina versetzt Huch einen leichten Stoß.

- Kannst du das rote Kleid für mich aufbewahren? Es darf nicht verloren gehen. Ich würde alles tun, um es zurückzubekommen.

Ein Mann bummelt über den Golfplatz.

- Hallo, ich bin Mario Ling.

Er trägt einen hautengen Trainingsanzug.

- Ich sammle Kleider.

Kirstein strahlt über das ganze Gesicht.

- Dann solltest du das Kleid nehmen.

Salome spreizt den kleinen Finger ab.

- Eine Sammlung lebt davon, dass sie stets ein klein bisschen wächst.

Didos Stimme kippt leicht über.

- Aber sie hört nie auf.

Anja kneift kurz die Augen zusammen.

- Wenn ich eine Sammlerin wäre, würde ich sofort zugreifen.

Stropp legt den Handrücken auf die Hüfte.

- Wie bewertest du das rote Kleid?

Ling fährt sich mit der Zunge über den Mundwinkel.

- Das ist das beste Kleid, das ich je gesehen habe.

Ein Traum erfüllt sich

Über die höher liegenden Felsenflanken streichen Wolkenfetzen.
Huch geht auf einem atemberaubend steilen Serpentinenweg, passiert einen kahlen Hang.
Eine Frau kommt ihm entgegen.

- Hallo, ich bin Cleo Nielsen.

Sie trägt enge Strümpfe.
Was machst du?
Er streicht sich über die Augenbrauen.
- Ich höre dir zu.
Cleo berührt ihn leicht an der Taille.
- Bin ich die schönste Frau, die du je gesehen hast?
Ein Mann gesellt sich zu ihnen.

- Hallo, ich bin Miko Dahl.

Er trägt einen Rollkragenpullover.
- Ihr seid ein schönes Paar.
Cleo drückt die Arme an den Körper.
- Du hast große Augen.
Dahl verbeugt sich.
- Danke! Ich fühle mich zu euch hingezogen. Wir könnten ein Team bilden.

Sie schiebt die Beine eng zusammen.

- Ist gut! Wir vertrauen dir.

Er blickt Huch an.

- Hast du einen Fußball?

Eine Frau hüpft durch den kahlen Hang.

- Hallo, ich bin Ella Olinda.

Sie trägt ein T-Shirt und bringt einen Fußball.

- Ein Platz ist alles, was wir brauchen.

Der Weg führt durch ein Labyrinth von abgebrochenen Steinblöcken und Felsspalten.

Ein Schild warnt.

- Achtung! Ihr kommt in die Nähe eines Fußballfelds.

Cleo dreht sich um.

- Was machen wir?

Dahl wippt mit den Füßen.

- Wir gehen dahin.

Ella tritt auf den weiten Rasenplatz.

- Ich spiele zum ersten Mal.

Cleo lässt die Schultern hängen.

- Seht ihr Blumen?

Dahl zieht die Winkel des breiten Munds nach unten.

- Nein! Die Gräser sind extrem kurz geschnitten.

Ellas Blick streift Huch.

- Hast du Blumensamen?

Ein Mann rennt über den Rasen.

- Hallo, ich bin Arno Hombach.

Er trägt eine kurze Lederjacke und bringt eine Tüte voller Samen.

- Darf ich euer Freund sein?

Cleo streicht das Haar zurück.

- Sicher! Wir haben gern viele Freunde.

Dahl tänzelt wie eine Feder.

- Wofür interessierst du dich?

Hombach spielt mit der Tüte.

- Mich fasziniert das Leben der Bienen.

Ella legt den Ball auf den Rasen.

- Ich wollte gerade Fußball spielen.

Cleo öffnet die Lippen.

- Wir sehen dir zu.

Dahl senkt die Augen.

- Vielleicht setzt du zuerst den Ball vor deinen Fuß.

Ella legt ihn in den Rasen.

- Und dann? Was soll ich dann tun?

Hombach winkelt ein Bein an.

- Tritt ihn kräftig!

Cleo fährt sich mit der Hand durchs Haar.

- Mit Arnos Tipp kannst du viel anfangen.

Dahl kratzt den Nasenrücken.

- Er geht in die Details.

Ella kickt den Ball ins Feld.

- Cool! Er fliegt in hohem Bogen.

Hombach faltet leicht die Stirn.

- War mein Tipp hilfreich?

Sie schaut in sein Gesicht.

- Mehr als das!

Cleos Augen leuchten.

- Du bist wirklich unser Freund.

Dahl dreht den Kopf.

- Wundervoll wäre es, wenn wir mehr Freunde hätten.

Eine Frau macht ganz vorsichtig einen Schritt.

- Hallo, ich bin Ria Martelli.

Sie trägt ein türkisfarbenes Kostüm.

- Ich werde euch nie enttäuschen.

Ella legt die Hand über die Schläfe.

- Warum bist du auf dem Fußballfeld?

Ria lässt den Mund offen stehen.

- Ich suche Freunde.

Hombach klatscht aus Leibeskräften.

- Dein Kostüm ist schön.

Sie hält sich an den Schultern umschlungen.

- Danke! Ich überlegte lang, was ich anziehen sollte.

Cleo wirft ihr einen Blick zu.

- Warum trägst du ein Kostüm?

Ria dreht sich um die eigene Achse.

- Ich möchte cool aussehen.

Dahl schlägt die Augenlider nieder.

- Wollen wir den Platz jetzt verlassen?

Ella hüpft.

- Später vielleicht! Zuerst säen wir.

Hombach zeigt Ria die Tüte.

- Sie enthält Samen.

Ria nimmt einen tiefen Atemzug.

- Ich liebe Blumen.

Cleo reckt das Kinn.

- Ich weiß nicht genau, wie man sät.

Dahl richtet den Blick auf Huch.

- Ich denke, dass du ein großer Gärtner bist.

Ein Mann bewegt sich wie in Zeitlupe.

- Hallo, ich bin Georgios Nakamura.

Er trägt ein Piratenkostüm.

- Reißt einfach die Tüte auf und streut den Samen.

Ella zeigt den Anflug eines Lächelns.

- Wir vertrauen dir.

Hombach beugt den Kopf tief.

- Du hast Wollsocken.

Nakamura nickt energisch.

- Das stimmt. Sie sind sehr bequem.

Ria legt den Finger auf die Unterlippe.

- Höchstwahrscheinlich sind sie aus natürlicher Wolle.

Nakamura verdreht die Hand leicht nach außen.

- Ja, das ist Schafwolle. Ich dachte, dass ich mich von Anfang an darin wohlfühlen würde.

Cleo schaut Hombach an.

- Versuche, die Tüte zu öffnen.

Dahl hält die Luft an.

- Vielleicht geht es von Hand.

Ella hält sich die Hand vor den Mund.

- Sonst suchen wir eine Schere.

Hombach schlitzt mit dem Finger den Verschluss auf.

- Ich bin erst Anfänger, aber die Tüte ist offen.

Ria zieht beide Augenbrauen nach oben.

- Du bist unser bester Freund!

Nakamura spricht ruhig und konzentriert.

- Und jetzt verstreust du ganz langsam den Samen.

Ein breites Lächeln huscht über Cleos Gesicht.

- Wir lernen viel.

Dahl wirft einen kurzen Blick in Richtung Himmel.

- Ich wünsche dem Samen, dass er gut wächst.

Ella lässt einen Arm fallen.

- Bald stehen wir in einer Blumenwiese.

Hombach sät.

- Was machen wir mit der leeren Tüte?

Ria zieht die Schultern hoch.

- Wir müssen sie entsorgen.

Nakamura sieht Huch an.

- Sammelst du Papier?

Eine Frau nähert sich mit ausgreifenden Eisläuferschritten.

- Hallo, ich bin Anisa Ruck.

Sie trägt ein Kleid aus lehmfarbigem Material.

- Habt ihr Papier für mich?

Cleo senkt den Blick.

- Ja, wir haben eine leere Tüte.

Dahl hebt die Arme über den Kopf.

- Du kommst rechtzeitig.

Ella faltet die Hände über dem Bauch.

- Vergnügt es dich, Papier zu sammeln?

Anisa verbeugt sich.

- Ich bin damit glücklich.

Hombach schließt die Augen.

- Ich liebe die Farbe von deinem Kleid.

Ihr Blick lichtet sich auf.

- Danke! Du bist sehr aufmerksam.

Ein Lächeln huscht über Rias Gesicht.

- Ich habe gestern davon geträumt, dass ich auch ein lehmfarbiges Kleid trage.

Anisa tippt ihr auf die Schulter.

- Willst du mit mir tauschen?

Ria schiebt die Unterlippe vor.

- Ich hätte nie gedacht, dass sich mein Traum so schnell erfüllen würde.

Im Wald gibt es alles

Eine Felsplatte fällt schräg nach unten ab. Huch steigt steil bergan. Eine Eidechse eilt über die Steine.
Eine Frau springt auf einen Felsbrocken.

- Hallo, ich bin Eleanor Berardino.

Sie trägt einen lavendellila Bikini mit Tigermuster.
- Möchtest du ein T-Shirt?
Ein Mann flaniert auf dem Bergweg.

- Hallo, ich bin Jeff Buck.

Er trägt eine brombeerblaue Wollmütze.
- Mir fehlt ein richtiges T-Shirt.
Eleanor hüpft in vielen kleinen Sprüngen.
- Eines zu bekommen ist leicht für mich.
Bucks Augen strahlen.
- Du bist sehr gut im Organisieren. Ich gratuliere!
Eine Frau erscheint auf der Felsplatte.

- Hallo, ich bin Katja Gardini.

Sie trägt eine bunte Blumenbluse und bringt ein birnen-gelbes T-Shirt.
- Es ist mein einziges.

Eleanor umarmt sie.

- Danke vielmals! Gib es bitte Jeff!

Katja reicht es Buck.

- Das mache ich gern.

Sie schaut zu, wie er es anlegt.

- Findest du den Stoff angenehm?

Buck breitet die Arme aus.

- Das T-Shirt übertrifft alles! Ich fühle mich großartig.

Eleanor legt ihm den Arm um die Schulter.

- Möchtest du einen Karton?

Buck beugt sich vor.

- Wozu?

Katja spreizt die Finger.

- Ich weiß warum.

Sie schließt die Augen.

- Du könntest etwas darauf schreiben.

Ein Mann eilt in kleinen Trippelschritten über die Felsplatte.

- Hallo, ich bin Matei Holley.

Er trägt ein Sakko und bringt einen Karton.

- Gefällt er euch?

Eleanor strahlt.

- Und wie! Du bist unser Freund.

Buck richtet den Blick ins Ungefähre.

- Ich bin müde.

Katja dreht den Kopf.

- Wo hat es Liegestühle?

Eine Frau schlendert auf dem Bergweg.

- Hallo, ich bin Janina Virtanen.

Sie trägt einen Samtschlapphut.

- Ich führe euch hin.

Holley folgt ihr.

- Danke! Das gefällt uns.

Janina geht gemessenen Schrittes.

- Das Relaxen wird ein großer Erfolg.

Der Weg endet vor einem Felsrücken. Gräser bewachsen ihn dicht. Liegestühle blähen sich im Wind.

Eleanor lächelt unbeschwert.

- Könnte es sein, dass wir uns hier ausgezeichnet erholen?

Bucks Augen funkeln.

- Das halte ich für wahrscheinlich.

Katja senkt die Lider.

- Ich kenne den Wert der Erholung.

Holley wendet sich an Huch.

- Darf ich dir den Karton geben?

Ein Mann spaziert über den Felsrücken.

- Hallo, ich bin Rocco Archer.

Er trägt kurze Stiefel.

- Wiegt der Karton leicht?

Holley hebt den Arm nicht höher als zur Schulter an.

- Ich bin gespannt, was du findest.

Archer nimmt den Karton in die Hand.

- Das Gewicht ist geringer, als ich dachte.

Janinas Blick gleitet über die Gruppe.

- Wir sind ein gutes Team.

Archer schnalzt mit der Zunge.

- Soll ich den Karton zerkleinern?

Eleanor fläzt sich in den Liegestuhl.

- Das ist zu anstrengend. Lass ihn lieber am Stück!

Buck krampft die Finger zusammen.

- Mein T-Shirt sitzt etwas locker.

Eine Frau stürmt auf den Felsrücken.

- Hallo, ich bin Melis Casati.

Sie trägt ein Jeanskleid und bringt ein ahorngrünes T-Shirt.

- Hättest du es gern schmaler?

Er stützt die Hände in die Hüfte.

- Genau! Es sollte schmaler sein.

Katja legt die Hand auf seine Schulter.

- Offenbar habe ich dir ein zu weites T-Shirt angeboten.

Buck reibt den Nacken am Haaransatz.

- Das halte ich für möglich. Was sagen die anderen dazu?

Holley stützt das Kinn in die Hand.

- Wenn du dich nicht mehr wohlfühlst, dann brauchst du ein anderes T-Shirt.

Janina plinkert mit den Augen.

- Das denke ich auch.

Archer stellt den Karton ab.

- Ich nehme es gern. Ich wollte schon immer ein birnengelbes T-Shirt tragen.

Buck zieht es aus und reicht es ihm.

- Glaubst du, es würde dir passen?

Archer legt es an.

- Aber ja! Es hat genau meine Größe.

Melis blickt Buck an.

- Könntest du mir einen Gefallen tun?

Buck breitet die Arme aus.

- Immer! Das versteht sich von selber.

Sie gibt ihm das ahorngrüne T-Shirt.

- Willst du es anprobieren?

Er schlüpft hinein.

- Ich wüsste nicht, was ich lieber täte.

Eleanor verschränkt die Arme über dem Bauch.

- Ich bin froh, dass ich einen Liegestuhl gefunden habe.

Buck streckt sich neben ihr aus.

- Bevor ich vor Müdigkeit umfalle, lege ich mich auch gleich hin.

Katja sucht einen Stuhl auf.

- Sehe ich so aus, als würde ich ewig stehen bleiben?

Holley räkelt sich.

- Diese Liegestühle versprechen eine unüberbietbare Erholung.

Janina schließt die Augen.

- Ihr solltet versuchen, den Wind im Gras zu hören.

Archer lehnt entspannt zurück, fragt Melis.

- Kannst du dich um den Karton kümmern?

Melis bückt sich.

- Sicher! Ich hatte gehofft, dass ich ihn bekommen würde.

Sie wendet sich an Huch.

- Wie sehr magst du Naturfarben?

Er denkt über die Frage nach.

- Auf der ganzen Welt schätzt man die Natur.

Melis geht mit riesigen Schritten über den Felsrücken.

- Malst du gern?

Huch schreitet langsam hinterher.

- Ich gucke lieber zu.

Zwischen Bäumen geht es einen gewundenen Weg hinab. In einem dichten Dschungel unter schillernden Flechten steht ein Topf mit indigoblauer Farbe. Ein Pinsel liegt daneben.

Melis stellt den Karton auf eine Wurzel.

- Finde eine Antwort auf die Frage: Was hindert dich zu malen?

Ein Mann läuft durch den Dschungel.

- Hallo, ich bin Dion Palau.

Er trägt einen Frack.

- Ich würde gern den Karton färben.

Melis wirft ihm einen aufmunternden Blick zu.

- Nur zu! Das freut uns.

Palau taucht den Pinsel in die Farbe.

- Ihr seid meine Freunde.

Sie hält die Hand weit offen.

- Wir sind ein Team.

Er streicht die Farbe auf den Karton.

- Es ist doch eigenartig, wie leicht das Malen ist.

Melis pufft ihn nur ein bisschen an seine Schulter.

- Wenn du nicht da wärst, würden wir dich vermissen.

Palau zeigt beim Lächeln die strahlenden Zähne.

- Oh! Dann macht es Spaß, bei euch zu sein.

Sie grätscht die Waden nach außen.

- Du bist ein hübscher Mann.

Er hebt das Kinn.

- Danke für das Kompliment!

Melis umkreist mit dem Finger die Wange.

- Wir bewundern deinen Schwung.

Palau malt den letzten Strich.

- Habe ich die Farbe schön aufgetragen?

Sie spreizt die Arme weit vom Körper weg.

- Ja! Wir sind richtig angetan.

Er legt den Pinsel ab.

- Es war nicht sehr schwer.

Melis schließt die Augen.

- Mir würde eine weiße Kreide gefallen.

Eine Frau schleicht durch den Dschungel.

                    - Hallo, ich bin Ada Eschenburg.

Sie trägt einen Kimono und bringt eine mondweiße Kreide.

- Im Wald gibt es alles.

Der abgerissene Zettel

Findlinge und Steinbrocken zeichnen eine Schlangenlinie.
Die Sonne glitzert auf dem Fluss.
Huch schreitet auf dem verschlungenen Weg durch den Auenwald.
Ein Reiher gleitet über das Wasser.
Eine Frau läuft herbei.

- Hallo, ich bin Alica Flender.

Sie trägt ein Baumwollkleid.
- Finden wir Freunde am Fluss?
Huch dreht sich langsam um die eigene Achse.
- Wir schauen uns um.
Ein Mann durchstreift den Auenwald.

- Hallo, ich bin Flynn Gluck.

Er trägt Joggingschuhe.
- Es macht mich glücklich, euch zu sehen.
Alica bleibt stehen.
- Wir freuen uns, dich zu treffen.
Gluck zieht die Brauen nach oben.
- Was immer ihr vorhabt, ich bin dabei.
Sie legt ihm den Arm um die Schulter.
- Wir möchten neue Bekanntschaften machen.

Er macht große Augen.

- Darf ich euch begleiten?

Alica berührt ihn mit der Fingerspitze am Ohrläppchen.

- Das wäre großartig.

Gluck atmet tief ein.

- Ist deine Lieblingsfarbe Orange?

Sie tänzelt herum.

- Ganz genau! Kannst du Gedanken lesen?

Eine Frau huscht durchs Gras.

- Hallo, ich bin Evi Grodno.

Sie trägt Sandalen und bringt ein mandarinoranges Kleid.

- Ich bin von deinem Baumwollkleid begeistert.

Alica zieht ihr Kleid aus.

- Möchtest du es anlegen?

Evi reicht ihr das orange Kleid.

- Ja! Tauschen wir!

Gluck wirkt verblüfft.

- Wie gut ihr euch versteht! Mir fehlen die Worte.

Alica schlüpft in Evis Kleid.

- Man kann nichts verkehrt machen, wenn man miteinander redet.

Gluck stützt das Kinn auf die Hand.

- Das stimmt! Jetzt könnten wir uns ein bisschen entspannen.

Evi streift sich das Baumwollkleid über.

- Ich habe eine Idee. Wir suchen eine Hollywoodschaukel und setzen uns darauf.

Alica folgt einem moosigen Weg.

- Schaukeln ziehen mich an.

Gluck fallen fast die Augen zu.

- Wir brauchen sie dringend.

Evi balanciert auf einem Baumstamm.

- Sie sind ein Wunder.

Alica entdeckt eine Hollywoodschaukel in einer sonnen-gesprenkelten Nische.

- Öffnet eure Augen!

Gluck setzt sich.

- Wir haben einen guten Tag.

Evi hakt sich bei Huch ein.

- Ich will dich küssen.

Ein Mann schiebt sich durch den Auenwald.

- Hallo, ich bin Jesper Hallhuber.

Er trägt einen Pyjama.

- In meinem Leben fehlt ein Kuss.

Sie läuft zu ihm und küsst ihn.

- Da stimme ich dir zu.

Alica nimmt Platz.

- Mir gefällt die Schaukel.

Gluck winkelt ein Bein an.

- Ich werde nicht so bald wieder aufstehen.

Evi setzt sich zu ihm.

- Du siehst glücklich aus.

Hallhuber hockt sich neben Alica hin.

- Ich mag es kuschelig.

Sie lockt Huch mit ihrem rechten Zeigefinger.

- Willst du dich nicht zu uns setzen?

161

Eine Frau taucht auf.

- Hallo, ich bin Abby Nowotny.

Sie trägt ein langes Kleid.
- Was ist dein Lieblingsweg?
Er hält den Kopf hoch.
- Mir gefallen viele Wege.
Abby befeuchtet mit der Zunge die Unterlippe.
- Kommst du mit mir?
Huch dreht sich halb.
- Wohin gehst du?
Sie schiebt leicht die Hüfte vor.
- Ich spaziere am Ufer.
Er begleitet sie.
- Ich bin dabei.
Abby schenkt ihm einen Blick.
- Du hast stets ein Lächeln.
Am Wegrand steht eine rostige Werbetafel.
Abby berührt mit der Hand Huchs Achsel.
- Ich sehe ein Muster. Du könntest mir helfen, es zu verstehen.
Ein Mann schreitet behutsam auf sie zu.

- Hallo, ich bin Kenan Pong.

Er trägt eine Schirmmütze.
- Das sind wahrscheinlich Schriftzeichen.
Sie breitet die Arme aus.
- Bitte sag uns, was sie bedeuten.

Pong hebt nur kurz den Finger in die Höhe und lässt ihn wieder sinken.

- Findet die Ringe.

Abby wird warm ums Herz.

- Ja, dann suchen wir sie!

Er blinzelt unter seiner Schirmmütze.

- Wir könnten ein Suchteam bilden, das nie aufgibt.

Eine Frau fegt und tänzelt über den Uferweg.

- Hallo, ich bin Ivy Rimbach.

Sie trägt ein Prinzesskleid und bringt 2 Ringe.

- Lasst es mich wissen, wenn euch etwas fehlt.

Abby winkelt die Arme an.

- Gern! Wir brauchen Ringe.

Pong legt den Daumen ans Kinn.

- Es sieht so aus, als möchtest du sie verschenken.

Ivy legt die Ringe auf den Handteller.

- Genau das habe ich vor.

Abby nimmt den ersten.

- Ich habe noch nie einen so schönen gesehen.

Pong streift den zweiten über seinen Finger.

- Ich spüre eine Schwingung, die sich auf meinen ganzen Körper überträgt.

Ivy schwingt die Hüfte.

- Ihr seid ein perfektes Paar.

Abbys Blick huscht zu Pong.

- Es macht mir wirklich Spaß, den gleichen Ring wie du zu tragen.

Er schließt die Augen.

- Irgendwie bin ich jetzt müde.

Ivy stößt Huch mit dem Ellbogen in die Rippen.

- Weißt du, wo wir uns ausruhen könnten?

Ein Mann wandert durch den Auenwald.

- Hallo, ich bin Loris Malik.

Er trägt ein papageienrotes T-Shirt.

- Wünscht ihr eine Matratze?

Abby stampft vor Freude mit den Füßen.

- Ja! Zeige uns eine weiche, große, worauf wir alle Platz haben!

Malik grinst breit.

- Mit Vergnügen! Kommt mit, wenn ihr wollt.

Pong folgt ihm.

- Ich relaxe gern.

Ivy schiebt sich vorwärts.

- Darf ich fragen, wo die Matratze liegt?

Malik antwortet mit einem Lächeln.

- Am Ufer, auf einer Liegewiese.

Abby gibt Pong die Hand.

- Ich liebe dich von ganzem Herzen.

Sein Blick hebt sich, verliert sich in den Wipfeln.

- Das übertrifft meine kühnsten Erwartungen.

Ivy schaut über die Schulter zurück zu Huch.

- Was tust du für gewöhnlich?

Die Sonne scheint ihm ins Gesicht.

- Ich spaziere.

Malik wendet sich zur linken Seite und betritt die Liegewiese.

- Das genieße ich auch.

Abby schirmt ihre Augen mit der Hand ab.

- Was für eine großartige Matratze!

Pong legt sich hin.

- Sie ist so weich, dass jeder darin versinkt.

Ivy streckt sich aus.

- Ich bin überrascht, wie schnell man sich entspannt.

Malik plumpst auf die Matratze.

- Ich träume, bevor ich die Augen schließe.

Abby wirft sich hin, fragt Huch.

- Warum benutzt du sie nicht?

Eine Frau trippelt mit winzigen, aber sicheren Schritten.

- Hallo, ich bin Jenna Harbin.

Sie trägt ein ärmelloses Kleid.

- Dort liegt ein abgerissener Zettel auf dem Uferweg.

Huch legt eine Hand auf die Hüfte.

- Wir könnten darüber nachdenken, was wir damit anfangen.

Jenna geht voran.

- Und was macht es, wenn ich ihn einfach aufhebe?

Die Bank am Strand

Der Wald reicht bis an den Strand. Kristallblau schillert das
Wasser in der Bucht.
Huch wandelt am Ufer.
Der Sand schimmert perlweiß.
Eine Frau tritt aus dem Schatten der Bäume.

- Hallo, ich bin Maren Bellini.

Sie trägt ein safranfarbenes Kleid.
- Hast du schon jeden Teil der Insel erkundet?
Huch berührt mit dem Daumen den Zeigefinger.
- Nein! Ich sehe mir den capriblauen Himmel an.
Maren bewegt den Arm.
- Ich hätte gern ein Geschenk.
Ein Mann flitzt durchs Gebüsch.

- Hallo, ich bin Baran Nabi.

Er trägt kupferorange Turnschuhe und bringt einen kiwi-
grünen Rock.
- Möchtest du ihn?
Sie schlägt die Hände vors Gesicht und lacht.
- Würde er mir stehen?
Nabi tippt mit dem Finger auf den Rock.
- Ohne Zweifel! Er ist weder zu eng noch zu weit.

Eine Frau streunt am Strand.

- Hallo, ich bin Penelope Orinoco.

Sie trägt einen Schal.
- Gibst du mir dein Kleid?
Maren streift es ab.
- Gern! Es wird dir viel Spaß machen.
Nabi wendet sich Penelope zu.
- Kommst du in unser Team?
Sie schlüpft in Marens Kleid.
- Unverzüglich! Ihr seid meine Freunde.
Maren legt den kiwigrünen Rock an.
- Ich trage ihn gern.
Nabi neigt den Kopf nach vorn.
- Ihr seid äußerst schön angezogen.
Penelope schließt die Augen zu einem Spalt.
- Vielen Dank für das Kompliment! Ich suchte nämlich genau so ein Kleid.
Maren blickt Huch an.
- Ich möchte eine Zeichnung.
Ein Mann trottet tagträumend am Ufer.

- Hallo, ich bin Dante Quirin.

Er trägt eine hellbraune Lederjacke und bringt einen Stock.
- Wollt ihr in den Sand kritzeln?
In Marens Stimme klingt Freude mit.
- Ja! Einen Stock haben wir echt vermisst.

Nabi schlenkert mit den Armen.

- Ich frage mich, was wir zeichnen könnten.

Penelope wendet Quirin das Gesicht zu.

- Hast du eine Idee?

Er senkt leicht die Augenlider.

- Natürlich! Zeichnet einen Kopffüßler!

Maren wirft das Haar nach hinten.

- Dein Vorschlag überzeugt.

Nabi berührt Quirin am Handgelenk.

- So ist es! Du bist unser Freund.

Penelope dreht den Hals.

- Wem willst du den Stock geben?

Quirin reicht ihn Huch.

- Das machst du sicher gern.

Huch zeichnet einen großen Kreis in den Sand.

- Das ist der Kopf.

Maren springt in die Luft.

- Ich wusste es!

Nabi holt tief Luft.

- Das Zeichnen geht dir leicht von der Hand.

Penelope berührt Huch an der Achsel.

- Der Kopf gefällt uns.

Quirin ruft.

- Bravo! Dein Kreis ist wirklich rund. Das finden wir ausgezeichnet.

Maren hält die Fingerspitzen ihrer Hände gegeneinander.

- Wie willst du die Beine zeichnen?

Nabi stemmt den Ellbogen aus.

- Lieber heute lang als morgen kurz.

Penelope reißt das Kinn hoch.

- Ich hätte gern Spinnenbeine.

Huch ritzt 2 Striche in den Sand.

- Ist gut! Ich bin einverstanden.

Quirin klatscht in die Hände.

- Damit kann der Kopffüßler kilometerweit laufen.

Maren blickt Huch über die Schulter.

- Vergiss die Füße nicht!

Er zieht einen Strich.

- Auf keinen Fall! Ohne Füße wäre er gewiss kein vollständiger Kopffüßler.

Nabi schüttelt leicht den Kopf.

- Gib ihm aber 2 Füße!

Penelope kneift die Augen zusammen.

- Kriegst du das hin?

Huch zeichnet den zweiten Fuß.

- Ich traue es mir zu.

Quirin legt den Unterarm über die Stirn.

- Fabelhaft! Dieser Kopffüßler sieht fortschrittlich aus.

Maren freut sich.

- Er scheint geradewegs zu gehen.

Nabi legt den Zeigefinger vor das Kinn.

- Ich würde gern fliegen.

Ein Schatten zieht vorüber. Eine Frau sitzt auf einer Wolke und steuert sie zum Strand.

- Hallo, ich bin Violetta Melville.

Sie trägt ein sandfarbenes Kleid.

- Steigt auf!

Penelope verzieht die Lippen zu einem Lächeln.

- Ist das nicht ein bisschen gewagt?

Violetta schüttelt den Kopf.

- Nicht doch! Das ist vollkommen ungefährlich!

Quirin springt auf die Wolke.

- In dem Fall fliege ich mit.

Maren folgt ihm.

- Ich bin auch bereit.

Nabi gesellt sich zu ihr.

- Ich mag dich. Du weißt, was du willst.

Penelope betritt die Wolke.

- Trage ich das rechte Kleid zum Fliegen?

Violetta streicht sich die Fransen aus der Stirn.

- Ja, es passt hervorragend.

Quirin fragt mit ausgesuchter Freundlichkeit.

- Zeigst du uns, wie man die Wolke steuert?

Violetta lacht perlend.

- Aber sicher! Ihr seid geborene Wolkenflieger.

Sie blickt Huch an.

- Diese Wolke ist weich und hat viel Platz.

Ein Mann reckt die Hände, um auf sich aufmerksam zu machen.

- Hallo, ich bin Kerim Camacho.

Er trägt einen dunkelroten Bademantel.

- Ich bin noch nie auf einer Wolke geflogen.

Maren hebt den Arm.

- Komm mit uns! Wir sitzen bequemer als in einem Sessel.

Nabis Stimme ist ein helles Zwitschern.

- Es ist ein Vergnügen, das du dir unbedingt gönnen solltest.

Penelope sagt mit Augenaufschlag.

- Es wird dir sehr guttun.

Quirin verschränkt die Arme hinter dem Kopf.

- Und es ist gesund.

Violetta reicht ihm die Hand.

- Das sind doch Vorzüge, die für die Wolke sprechen, oder?

Camacho setzt sich neben sie.

- Ihr habt mich überzeugt.

Eine Frau tritt zu Huch.

- Hallo, ich bin Giuliana Randolf.

Sie trägt einen Tüllrock.

- Rate mal, mit wem ich sprechen möchte!

Huch erwidert fröhlich.

- Das ist eine verständliche Frage.

Violetta zieht die Augenbrauen zusammen.

- Ich will nicht stören. Aber darf ich euch sagen, dass wir starten?

Giuliana zwinkert ihr zu.

- Danke für die Mitteilung! Wir fliegen nicht mit. Reden macht eben Spaß.

Violetta lässt die Wolke abheben.

- Das stimmt! Auf Wiedersehen! Ich melde mich wieder.

Die Wolke strebt himmelwärts.

Giuliana wirft das Haar in den Nacken.

- Noch ist unser Gespräch nicht zu Ende.

Ein Lächeln huscht über Huchs Gesicht.

- Dann würde ich gern vorschlagen, dass wir fortfahren.

Sie flattert mit den Armen.

- Ich verrate dir mein Geheimnis. Ich kann schweben.

Er zeichnet Bahnen durch die Luft.

- Meinst du vielleicht eine Art Schweben über dem All-
tagsleben?

Giuliana gerät wie von allein in einen fortwährenden
Schwebezustand.

- Nein! Ich bin gern so 10 Zentimeter über dem Boden.

Huch legt die Hand über die Schläfe.

- Das sehe ich. Und was machst du danach?

Sie landet.

- Jetzt bin ich müde und möchte mich schlafen legen.

Ein Mann gleitet geisterhaft konzentriert über den Boden.

- Hallo, ich bin Peer Daus.

Er hat eine Hose mit Trägern an.

- Eine Parkbank steht am Ufer. Genau die brauchst du jetzt.

In einer geschützten Bucht

Bienen umsurren himmelblaue Blüten. Eine Schwebefliege tanzt.
Huch schreitet durch die Wiese.
Der Klatschmohn blüht.
Eine Frau läuft den Hang hoch.

- Hallo, ich bin Jamila Sawas.

Sie trägt eine Tunika und bringt eine Schachtel mit bunten Kreiden.
- Möchtest du malen?
Ein Mann durchmisst die Wiese mit forschem Gang.

- Hallo, ich bin Sven Tapp.

Er trägt einen geblümten Schlafanzug.
- Ich bitte dich um eine Kreide.
Sie blinzelt in die Sonne.
- Welche möchtest du?
Tapp zieht den Kopf ein.
- Saturngelb hätte ich gern.
Jamila öffnet die Schachtel.
- Greif zu!
Er klaubt die Kreide heraus.
- Ich kenne eine Straßenkreuzung.

Sie schließt die Schachtel.

- Willst du darauf malen?

Tapp bewegt sich mit wiegenden Schultern.

- Ja, das habe ich vor. Kommt ihr mit?

Jamila breitet die Arme aus.

- Unbedingt! Wir freuen uns auf deine Zeichnung.

Er biegt auf die Landstraße ab.

- Hoffentlich gefällt sie euch.

Sie trippelt in Schleifschritten hinterher.

- Wenn du für uns malst, bist du unser bester Freund.

Tapp schlägt die Augen nieder.

- Danke! In meiner Fantasie sehe ich schon einen Pfeil vor mir.

Ein Baum steht an der Kreuzung.

Jamila legt ihre Hand auf Tapps Schulter.

- Sind wir da?

Er kauert.

- Ja! Hier kreuzen sich die Straßen.

Mit 3 Strichen zeichnet er einen Pfeil.

- Ich bin mir nicht sicher, ob er in die richtige Richtung weist.

Sie schaut auf.

- Warum ist das wichtig? Du hast einen schönen Pfeil gemalt.

Tapp legt die Arme auf den Oberschenkeln ab.

- Wirklich? Das freut mich.

Jamila atmet hörbar ein.

- Ich möchte heiraten.

Er blickt sinnend in die Ferne.

- Was für ein Zufall! Der Pfeil weist zum Hochzeitshaus.

Sie legt den Kopf leicht zur Seite.

- Das wirkt anziehend.

Tapp schlägt die Augen nieder.

- Wir könnten dorthin gehen.

Eine Frau hüpft quer über die Kreuzung.

- Hallo, ich bin Margarete Unkelbach.

Sie trägt ein Ballerinenkleid.

- Ich habe eine riesige Leuchtschrift gesehen.

Jamila staunt mit offenem Mund.

- Leuchtet sie auf dem Hochzeitshaus?

Margarete bleibt stehen.

- Nein! Sie glänzt auf dem Dach eines Containers.

Tapp tastet konzentriert mit Blicken die Landschaft ab.

- Wo ist er? Beschreibe den Weg!

Sie streckt den Arm nach vorne.

- Wir müssen nur die Straße hinunterlaufen.

Jamila biegt die Finger.

- Siehst du den Pfeil?

Margarete blickt zu Boden.

- Wer hat ihn gemalt?

Tapp strahlt über das ganze Gesicht.

- Das war ich.

Sie berührt ihn leicht an der Hüfte.

- Du bist ein Künstler.

Er steht stolz, gerade aufgereckt.

- Danke! Was wir noch sagen wollten: Der Pfeil weist zum Hochzeitshaus.

Margarete zieht die Brauen hoch.

- Geht ihr dorthin?

Jamila wendet sich ihr mit süßlicher Stimme zu.

- Ja! Du bist auch eingeladen.

Margarete fragt Huch.

- Und du?

Er beugt den Ellbogen.

- Ich höre gern, was ihr vorhabt.

Sie schenkt ihm ein aufmunterndes Lächeln.

- Du kannst mich zum Container begleiten.

Tapp schlägt vor.

- Geht doch zusammen zur Leuchtschrift!

Magarete legt die Hand auf Huchs Schulter.

- Ich fühle mich wohl in deiner Nähe!

 Er senkt die Augen.

- Jeder Mensch kann unterschiedliche Gefühle auslösen.

Jamila kämmt sich das Haar aus der Stirn.

- Was macht ihr, wenn ihr die Schrift gelesen habt?

Margarete richtet die Fußspitzen leicht nach innen.

- Dann prägen wir uns die Worte ein oder vergessen sie.

Tapp lässt die Arme seitlich hängen.

- Auf Wunsch warten wir mit der Feier.

Sie tanzt auf der Kreuzung.

- Bitte nicht! Fangt einfach an! Wir denken an euch.

Jamila macht sich auf den Weg zum Hochzeitshaus.

- Danke! Das Gespräch hat uns gefallen.

Tapp folgt ihr.

- Wir laufen jetzt los.

Margarete geht in die entgegengesetzte Richtung, dreht sich nach Huch um.

- Kommst du?

Er räkelt seine langen Beine.

- Ist es weit?

Die Straße windet sich.

Margarete eilt voraus.

- Nein, es sind nur ein paar Schritte.

Nach einigen Serpentinen sieht Huch den Container.

- Ist es eine gute Idee, die Leuchtschrift zu lesen?

Sie atmet tief ein und aus.

- Ja! Der Satz wird dich wahrscheinlich anregen.

Der Schriftzug blinkt grell.

Huch liest.

- Nehmt ein Bad und entspannt euch!

Margarete schenkt ihm einen vielsagenden Blick.

- Das könnten wir tun.

Er umfasst den Ellbogen des Gegenarms.

- Badest du gern?

Sie klatscht begeistert.

- Es würde mich glücklich machen.

Huch legt den Zeigefinger an die Wange.

- Schwimmst du lieber in einem Fluss oder in einem See?

Margarete zieht die Mundwinkel hoch.

- Den See würde ich vorziehen, wenn er am Weg liegt.

Ein Mann geht die weiße Mittellinie entlang.

- Hallo, ich bin Timo Lino.

Er trägt eine Badehose.

- Sucht ihr den See?

Sie nickt freundlich.

- Ja, da wollen wir hin.

Sein Gesicht hellt sich auf.

- Es sind nur ein paar Schritte. Wir gehen zu Fuß. Ich führe euch.

Die Landstraße hört vor einem Wald auf. Ein schmaler Pfad windet sich um hohe Bäume in die Bucht hinunter.

Margarete streicht ihr Haar zurück.

- Du bist unser Freund.

Lino weicht Tannenzapfen, Wurzeln und herumliegenden Ästen aus.

- Wir sind wie ein kleines Team.

Er betritt den feinen Sandstrand.

- Bleibt noch ein Wunsch offen?

Sie streift das Schläfenhaar hinter die Ohrmuschel zurück.

- Ja! Ich hätte gern einen Bikini.

Eine Frau durchstreift barfuß die Bucht.

- Hallo, ich bin Rahel Mandy.

Sie trägt einen honiggelben Bikini.

- Es ist gar nicht einfach, das richtige Kleid zu finden.

Margarete zupft ihr Ballerinenkleid zurecht.

- Versuchen wir, ob dir meines steht?

Rahel legt den Bikini ab.

- Ich stimme zu.

Margarete zieht die Schuhe und das Kleid aus.

- Am meisten interessiert mich dein Bikini.

Rahel tauscht mit ihr, schlüpft ins Kleid.

- Das kann ich tragen.

Margarete probiert den Bikini an.

- Gelb ist meine Lieblingsfarbe.

Lino durchquert den Strand mit schnellen Schritten.

- Ich springe ins Wasser.

Rahel fragt Margarete.

- Darf ich deine Schuhe haben?

Sie antwortet.

- Selbstredend, wenn sie dir passen.

Er wirft sich bäuchlings in den See.

- Ich fühle mich wohl.

Rahel schlüpft in die Schuhe.

- Es hat keine einzige Druckstelle.

Margarete lächelt charmant.

- Ich dachte, das gäbe es nur im Märchen.

Blick auf die Matte

Der schottrige Waldweg verjüngt sich.
Huch hört die Vögel zwitschern.
Der moosige Waldboden dämpft das Geräusch der Schritte.
Eine Frau geht beflügelt auf dem Pfad.

- Hallo, ich bin Almira Jenkins.

Sie trägt ein grobgestricktes Kleid.
- Was möchte man am Morgen, wenn man aufwacht, als Erstes sehen?
Huch blickt nachdenklich.
- Wahrscheinlich das Nächste.
Almira schiebt die Hand über die Brust.
- Ganz genau! Nämlich einen Freund!
Ein Mann kommt in aufrechter Haltung.

- Hallo, ich bin Lorenzo Goff.

Er trägt ein kleegrünes T-Shirt.
- Ihr seid meine Freunde.
Sie sagt binnen eines Wimpernschlags.
- Ist gut! Wir mögen dich.
In seiner Stimme liegt ein leises Vibrieren.
- Danke, dass ihr mich ins Team nehmt.

Almira balanciert auf einem Baumstamm.

- Willst du heiraten?

Goff hebt die Hand.

- Ja! Jetzt wäre der richtige Moment.

Sie schaut ihm ins Gesicht.

- Du scheinst es zu spüren.

Er guckt ins Grüne.

- Der Wald ist wunderschön, und der Anblick der Bäume bringt mich in Stimmung.

Almira steigt die Serpentinen hinauf.

- In dem Fall gehen wir auf den Hochzeitsberg.

Goff dreht sich nach Huch um.

- Kommst du?

Eine Frau schlendert vorbei.

                    - Hallo, ich bin Elise Hirschvogel.

Sie ist in ein helles Kleid gehüllt.

- Gefällt es euch im Wald?

Almira holt Luft.

- Und wie! Wir werden heiraten.

Goff verbiegt kess den Körper.

- Wie steht es bei dir?

Elise beugt das Handgelenk.

- Ich muss nur noch meinen Traummann finden, um rundum glücklich zu sein.

Ein Mann wandert auf dem Moospfad.

                    - Hallo, ich bin Merlin Beng.

Er trägt lange Hosen.

- Kennt ihr den Weg zum Hochzeitsberg?

Sie bewegt die Hände langsam auseinander.

- Ja! Er ist regelmäßig mit Wegweisern bezeichnet.

Beng knickt den Ellbogen leicht ein.

- Darf ich mich anschließen?

Elise stellt ein Bein direkt vor das andere.

- Das ist immer möglich, wenn man in diesem Teil des Waldes unterwegs ist.

Almira lächelt zufrieden.

- Den Weg gemeinsam zu gehen, ist das Schöne daran.

Goff hebt den Fuß etwas vom Boden ab.

- Die Bäume sind gigantisch und eindrucksvoll.

Elise dreht den Oberkörper zu Beng.

- Kennst du dich mit Heiraten aus?

Er stützt nachdenklich seinen Kopf auf die rechte Faust.

- Nein! Ich weiß nicht genau, wie es geht.

Almira blinzelt.

- Sicher bist du um jeden Tipp froh, den man dir steckt.

Beng richtet sich auf.

- Mehr als froh! Ich bin sogar darauf angewiesen.

Goff sticht mit dem Finger in die Luft.

- Du möchtest viel lernen.

Beng schnalzt mit der Zunge.

- Unbedingt! Ich bin neugierig, erfahre gern Neues.

Elise streicht ihm über die Stirn.

- Du bist der Mann, den ich heiraten möchte.

Er reibt sich die Hände.

- Wirklich? Dann feiern wir Hochzeit! Ich finde, wir passen zusammen.

Almira schlägt die Augen auf.

- Ihr seid ein bezauberndes Paar.

Goff neigt den Kopf zurück.

- Ihr seht brillant aus.

Elise läuft voraus.

- Danke! Der Hochzeitsberg ist ein Ort mit einem ganz eigenwilligen Zauber.

Beng ruft Huch zu.

- Stehst du auch in den Startlöchern?

Eine Frau schreitet durch den Wald.

- Hallo, ich bin Rina Cavell.

Sie trägt ein Kostüm aus Federn und bringt eine Tüte.

- Ich bin müde vom Aufstieg.

Huch beugt sich vor.

- Möchtest du dich ausruhen?

Rina legt ein Lächeln auf ihre Lippen.

- Ja! Ich schalte eine Pause ein.

Almira bleibt stehen.

- Ein bisschen Erholung hast du sicher verdient.

Goff stößt die Luft durch den Mund aus.

- Entspannung lohnt sich.

Elise legt die Hände zusammen.

- Wir gehen voraus.

Beng dreht sich um seine Achse.

- Auf dem Hochzeitsberg treffen wir uns.

Rina blickt ihnen nach.

- Oder wir sehen anderweitig etwas Schönes, wie es eben so kommt.

Sie fasst Huch ins Auge.

- Mein Gefühl sagt mir, dass du gern in meine Tüte gucken möchtest.

Ein Mann schlendert vorüber.

- Hallo, ich bin Sidney Tonti.

Er trägt eine Matrosenjacke.

- Ich würde gern wissen, was darin ist.

Rina lässt die Fingernägel über die Tüte gleiten.

- Ah, die Frage beschäftigt dich.

Tonti scharrt mit den Füßen.

- Ja! Bitte sag es mir!

Sie fordert ihn mit einer einladenden Handbewegung auf.

- Warum schaust du nicht selber nach?

Er öffnet die Tüte.

- Wenn du meinst! Ich finde sicher etwas.

Rina hat ein wie gemaltes Lächeln auf den Lippen.

- Bereite dich auf eine Überraschung vor.

Tonti zieht Geigentrümmer aus der Tüte.

- Eine ganze Geige hätte wohl kaum Platz gehabt.

Sie schiebt das Kinn nach vorn.

- Gefallen dir die Teile?

Sein Körper fängt an zu wippen.

- Und wie! Wir sollten sie ins Kunsthaus bringen.

Rina fragt Huch.

- Weißt du, wo es ist?

Eine Frau geht durch den Wald.

- Hallo, ich bin Cora Dongfang.

Sie trägt einen Petticoat.

- Warum wollt ihr ins Kunsthaus?

Rina antwortet mit einem Achselzucken.

- Wir möchten die Geigentrümmer zeigen.

Tonti dreht den Zeigefinger.

- Wir finden sie beschwörend und bewegend.

Coras Stirn glättet sich.

- Das ist ein Grund. Ich führe euch hin.

Der Wanderpfad schlängelt sich den Berg entlang.

Rina sagt mit einer runden Handbewegung zu Huch.

- Du bist auch eingeladen.

Huch schließt sich an.

- Danke! Dann komme ich mit euch.

Tonti klopft auf die Beine.

- Wir bilden ein Team.

Cora beugt den Kopf.

- Wir könnten noch weitere Mitglieder aufnehmen.

Am Waldrand erhebt sich ein lavaroter Kubus aus Holz und Leichtmetall.

Im Gegenlicht zwischen den hohen Flügeln der Eingangstür steht ein Mann.

- Hallo, ich bin Casper Moro.

Er trägt eine ausgebleichte Hose.

- Womit kann ich dienen?

Rina deutet auf die Tüte, die Tonti in der Hand hält.

- Kannst du ein Kunstwerk aufleben lassen?

Moro blinkert mit den Augen.

- Sicher! Das verstehe ich trefflich. Wo ist es?

Tonti baut sich vor ihm auf.

- Es steckt in der Tüte.

Cora räkelt sich.

- Hast du eine Schale?

Moro spreizt die Finger.

- Mehr als eine! Aber zuerst möchte ich schlafen.

Eine Frau beschleunigt ihren Gang.

- Hallo, ich bin Saskia Nitschke.

Sie trägt einen Bleistiftrock und bringt eine Yogamatte.

- Darf ich euch etwas verraten? Schlaf gibt neue Energie.

Rina dreht sich nach ihr um.

- Danke! Wir bekommen gern einen Tipp.

Tonti stellt die Tüte ab.

- Man lernt unglaublich viel.

Coras Augen schimmern.

- Welche Matte benutzt wird und wirklich sinnvoll ist, erfahren wir hier.

Das Quäntchen Glück

In allen Farben des Regenbogens sind die Fassaden gestrichen.
Huch steht vor der Häuserflucht und schaut hinunter.
Eine Frau biegt in die Gasse ein.

- Hallo, ich bin Ann Osterland.

Sie trägt eine Bluse mit Schulterpolster.
- Was erkennst du, wenn du dich auf die Zehenspitzen stellst?
Ein Mann wandert durch die Altstadt.

- Hallo, ich bin Cinar Papp.

Er trägt eine Jeansjacke.
- Ich stelle mich gern auf die Zehenspitzen.
Ann wendet den Kopf.
- Das sehe ich. Hast du auch eine Vorliebe für eine Farbe?
Papp zuckelt auf den Zehenspitzen.
- Durchaus! Gelb gefällt mir.
Eine Frau hüpft in die Gasse.

- Hallo, ich bin Jennifer Ricci.

Sie trägt ein Chiffonkleid und bringt eine pfirsichgelbe Jacke.

- Gibst du mir deine Jeansjacke?

Papp schlüpft aus den Ärmeln.

- Klar! Damit habe ich kein Problem.

Anns Augen wandern im Kreis.

- Ganz ohne Kleiderwechsel zu leben, ist für viele ein komischer Gedanke.

Papp zieht die pfirsichgelbe Jacke an.

- Ich finde sie großartig!

Jennifer probiert seine Jeansjacke an.

- Sie steht mir.

Ann räkelt sich an der Wand eines alten Steinhauses.

- Jacken bieten sich für einen Wechsel geradezu an.

Papp sagt zu Jennifer.

- Du siehst toll aus.

Sie blinzelt in die Sonne.

- Das verdanke ich deiner Jacke.

Ann streicht mit der Hand über die Fassade.

- Habt ihr schon einmal zu dieser Wand gesprochen?

Papp reibt sich verwundert die Augen.

- Nein, noch nie! Vielleicht habe ich zu wenig Sensibilität für so etwas.

Jennifers Blick schweift zu Huch.

- Machst du den Anfang?

Ein Mann kommt die Gasse herauf.

- Hallo, ich bin Raul Nagy.

Er trägt eine gefütterte Lammfellweste.

- Ich habe eine Fähigkeit, die unmöglich klingt.

Ann biegt ihren Körper.

- Welche denn?

Nagy wischt sich lässig das links gescheitelte Haar aus der Stirn.

- Ich spreche mit der Wand.

Papp wagt kaum zu atmen.

- Wie geht das?

Jennifer fragt mit einem vorsichtigen Lächeln.

- Machst du es uns vor?

Nagy begegnet ihrem Blick.

- Gern!

Er legt die Hände als Trichter an den Mund.

- Liebe Wand, was rätst du mir? Was soll ich tun?

Die Antwort wirkt geflüstert.

- Nimm eine kurze Auszeit!

Ein großes Bett fliegt über die Dächer, landet in der Gasse.

Ann schwingt sich darauf.

- Relaxen ist gesund.

Papp lächelt ungläubig und mit großen Augen.

- Es sorgt für Glücksgefühle.

Jennifer zeichnet mit ihrem Finger einen Kreis in die Luft.

- Vergiss nicht: Es schweißt das Team zusammen.

Nagy wirft sich aufs Bett.

- Am liebsten erhole ich mich mit euch.

Ann kichert in die Hand.

- Die Wand hat dir einen heißen Tipp gegeben.

Papp legt sich hin.

- Gemeinsam ausruhen, das ist unser Motto.

Jennifer streckt sich aus.

- Genau! Wir wollen vom Stress weg.

Nagy schenkt Huch einen ernsten, ein wenig sorgenvollen Blick.

- Also, warum zögern?

Eine Frau huscht durch die Gasse.

- Hallo, ich bin Megan Bird.

Sie trägt Federschmuck auf dem Kopf.

- Ich habe ein Holzschild gefunden.

Ann versinkt im Kissen.

- Tja, es gibt in der Altstadt viele Dinge zu sehen.

Papps Hände lockern sich.

- Wir gönnen uns eine wohlverdiente Pause.

Jennifer kräuselt ein wenig die Nase.

- Wollt ihr in der Zwischenzeit das Schild anschauen?

Nagy zuckt mit den Achseln.

- Wer weiß, vielleicht steht etwas darauf, das uns alle interessiert.

Das Bett steigt aus der Gasse auf.

Ann winkt.

- Wir lassen uns überraschen.

Papp verschränkt die Arme unter dem Kopf.

- Sobald wir zurück sind.

Jennifer wedelt mit dem Arm.

- Bleibt locker und lasst euch genug Zeit!

Das Bett gleitet über die Dächer hinweg in den wolkenlosen Himmel.

Megan greift nach Huchs Ellbogen.

- Interessierst du dich für Holzschilder?

Er wippt mit dem Fuß.

- Ja, ich bin sehr neugierig.

Sie biegt um die Ecke.

- Auf einem Schild hat jedes Wort Gewicht.

Huch folgt ihr.

- Das denke ich auch. Es kann mühelos zum Lachen wie zum Nachdenken verführen.

Das Holzschild hängt vor einem Schreibwarengeschäft. Darauf steht der Satz.

- Schau genau, wo du den Fuß hinsetzt!

Er blickt zu Boden, sieht einen limonengrünen Zettel.

- Was liegt hier rum?

Megan geht in die Hocke.

- Heb den Zettel auf! Vielleicht ist er ja für dich.

Ein Mann bummelt durch die Gasse.

- Hallo, ich bin Vince Chip.

Er trägt ein Barett.

- Es begeistert mich, Zettel zu sammeln.

Megan richtet sich auf.

- Möchtest du gern noch ein bisschen warten?

Chip neigt den Kopf.

- Eigentlich nicht! Am liebsten würde ich ihn sofort auflesen.

Ihre Zähne blitzen beim Lächeln hervor.

- Tja, dann greif zu!

Er bückt sich.

- Das ist die beste Gelegenheit, die ich kriegen kann.

Megan grapscht nach seinem Arm

- Was steht drauf?

Er liest.

- Ein Buch wartet auf dich.

Die Tür des Schreibwarengeschäfts fliegt auf.

Eine Frau schiebt die Hüfte etwas vor.

- Hallo, ich bin Elena Glick.

Sie trägt ein farngrünes Ballkleid und bringt ein Buch.

- Plant ihr eine gemeinsame Zukunft?

Megan sieht vergnügt aus.

- Bestimmt! Das versuchen wir!

Chip zieht die Oberlippe auf einer Seite nach oben.

- Steht sie da drin?

Elena öffnet das Buch.

- In gewisser Weise schon.

Megan schnappt nach Luft.

- Dieses Blatt ist leer.

Chip beißt sich auf die Zunge.

- Sind alle Seiten unbeschrieben?

Elena reicht ihm das Buch.

- Du hast es erraten.

Megan wirft einen Blick auf Huch.

- Hast du etwas zum Schreiben?

Ein Mann läuft aus dem Geschäft.

- Hallo, ich bin Davide Tack.

Er trägt einen grellorangen Anzug und bringt einen Bleistift.

- Darf ich euch ein kleines Geschenk anbieten?

196

Megan streift sich über das Schlüsselbein.

- Danke! Wenn das kein perfektes Timing ist!

Chip übergibt Huch das Buch.

- Möchtest du anfangen?

Elena biegt den Zeigefinger.

- Du könntest die erste Seite mit riesigen Großbuchstaben füllen.

Tack drückt ihm den Bleistift in die Hand.

- Er ist sorgfältig gespitzt.

Megan hüpft auf und ab.

- Schreib 2 Worte!

Chip neigt den Oberkörper leicht nach vorn.

- Das ist vergleichsweise einfach umzusetzen.

Huch richtet die Augen auf Megan.

- 2 Worte wünschst du. An welche denkst du?

Sie berührt sein Handgelenk.

- Viel Glück.

Chip atmet tief durch.

- Ich bin ein eher sehr bescheidener Mensch.

Elena drückt sanft seinen Arm.

- Wärst du auch mit einem Quäntchen zufrieden?

Die Aufnahme

Der glitzernde Bach schlängelt sich in der tiefen Senke.
Huch hört dem Wasser zu.
Das Gluckern vermischt sich mit dem Ruf eines Reihers.
Eine Frau springt über den Bach.

- Hallo, ich bin Joy Mill.

Sie trägt ein glutrotes Kleid.
- Erforschst du die Tierwelt?
Huch dreht das Bein langsam zur Seite.
- Ich nehme alles in Augenschein.
Joy hebt das Handgelenk.
- Ich zeige dir einen Wasserfall.
Sein Blick wandert.
- Wo ist er?
Sie beugt den Zeigefinger.
- Ich führe dich hin.
Huch gibt sich einen Ruck.
- Es gibt sehr viele fantastische Orte in diesem Tal.
Joy folgt dem Bach durch den schimmernden Blätterwald.
- Willst du duschen?
Ein Mann kundschaftet die Senke aus.

- Hallo, ich bin Fridolin Brix.

Er ist nur mit einer Sporthose bekleidet.

- Duschen klingt verlockend.

Joy bahnt sich einen Weg durchs Dickicht.

- Dann ticken und denken wir ja ähnlich.

Brix turnt auf einem Ast.

- Unbedingt! Wir wissen eben, wann es die richtige Zeit ist zu duschen.

Ein schmaler Pfad führt durch die Felsen.

Joy schenkt ihm ein aufmunterndes Lächeln.

- Wir haben ein gutes Miteinander.

Brix wendet sich zu Huch um.

- Was erhoffst du dir von unserem Team?

Eine Frau durchquert den Felsenhang.

- Hallo, ich bin Clarissa Cabrera.

Sie trägt einen Glockenrock.

- Ihr passt gut zusammen. Ich wäre auch gern voll mit dabei.

Joy legt die Hände vor dem Herzen zusammen.

- Du darfst dich gern anschließen.

Brix reckt die Schultern.

- Wir freuen uns auf den Wasserfall.

Clarissa lauscht.

- Hört ihr das Rauschen?

Das Gegenlicht streift über Joys Haare.

- Es entgeht uns nicht.

Brix führt die Zunge zur Oberlippe.

- Da muss man nicht besonders hellhörig sein.

Das Wasser fällt vom hohen Felsen in die Tiefe.

Joy steigt die Serpentinen hinunter.

- Wenn du dich erfrischen willst, dann bist du hier gold-richtig.

Brix schließt sich ihr an.

- Ja! Am Felsenpool stehen, den Geruch des Bachs atmen, das ist verlockend.

Clarissa lehnt mit der Schulter gegen Huch.

- Hier können wir nicht nur duschen, sondern auch schwimmen.

Ein Mann klettert in gespielter Zeitlupe den Fels hinunter.

- Hallo, ich bin Malek Lorz.

Er trägt flache Schuhe.

- Es klingt, als würde es euch hier gefallen.

Joy zieht das Kleid aus.

- Wir freuen uns wirklich sehr.

Brix legt die Sporthose ab.

- Steigst du mit uns ins Wasser?

Lorz schlüpft aus den Schuhen.

- Ich zögere keine Sekunde.

Clarissa streift den Glockenrock ab.

- Weißt du, was ich interessant finde?

Lorz stellt die Schuhe nebeneinander.

- Nein, aber ich bin gespannt, was du sagen wirst.

Sie blickt in die Runde.

- Denkt ihr, ich soll es ihm sagen?

Joy taucht die Hände ins Wasser.

- Natürlich! Wir haben keine Geheimnisse.

Brix springt in den Felsenpool.

- Vielleicht gibst du uns einen Anhaltspunkt.

Lorz schwimmt zum Wasserfall.

- Eine Andeutung würde reichen.

Clarissa spielt mit der großen Zehe.

- Ich finde deine Schuhe interessant.

Er kehrt um.

- Sie halten alles aus. Man kann sie auch im Wasser tragen.

Sie bückt sich.

- Darf ich das ausprobieren?

Lorz lässt sich auf dem Rücken von der Strömung treiben, paddelt mit den Händen.

- Sicher! Damit kannst du dich auf den Steinen bewegen.

Clarissa zieht seine Schuhe an, watet in den Felsenpool.

- Es ist, als könnte ich übers Wasser gehen.

Joy spritzt Huch an.

- Was ist mit dir?

Eine Frau schreitet zum Bach.

- Hallo, ich bin Daria Panagio.

Sie trägt einen Ballettdress mit Tutu.

- Wer kann einen Kreis zeichnen?

Brix strampelt mit den Füßen.

- Wunder darfst du von uns nicht erwarten.

Clarissa legt sich rücklings aufs Wasser.

- Zuerst wollen wir den Sprudel des Wasserfalls genießen.

Lorz richtet sich auf.

- Aber wenn wir gebadet haben, sind wir fit.

Über Darias Gesicht legt sich ein Lächeln.

- Lasst euch nicht stören.

Sie blickt Huch an.

- Darf ich dir die Leinwand zeigen?

Er sieht sie strahlen.

- Ja. Da kann ich kaum widerstehen.

Daria streicht kurz mit der Zunge über die Oberlippe.

- Also, warum zögern?

Der Weg zieht sich in einen tiefen Wald.

Sie streckt ihre Arme auf Schulterhöhe aus.

- Ich bin gern von Bäumen umgeben.

Zwischen 2 Stämmen ist eine Leinwand gespannt.

Daria klemmt den Daumen zwischen Zeige- und Mittelfinger.

- Uns fehlt nur Farbe. Wo könnten wir sie auftreiben?

Ein Mann durchquert den Wald.

- Hallo, ich bin Aidan Quandt.

Er trägt eine schmale Krawatte und bringt einen Eimer mit lavendellila Farbe.

- Die leere Leinwand macht Lust.

Darias Hände bilden eine Schale.

- Das erleben wir wie du.

Quandt deutet auf den Eimer.

- Die Farbe dürfte locker reichen.

Sie dreht sich zu Huch.

- Du hast nicht zufällig einen Pinsel dabei?

Eine Frau zuckelt um die Bäume.

- Hallo, ich bin Esra Katzenstein.

Sie trägt ein Cocktailkleid und bringt einen Pinsel.

- Hättet ihr ihn gern?

Darias rechte Augenbraue schnellt in die Höhe.

- Unbedingt! Nichts ist so wichtig.

Quandt fühlt sich angeregt.

- Wie liegt er in der Hand?

Esra überreicht ihm den Pinsel.

- Schließe deine Augen und lege ihn auf den gestreckten Zeigefinger!

Er führt es aus.

- Was wird jetzt geschehen?

Ihre Hände gleiten durch die Luft.

- Du musst ihn auf dem Finger wiegen, um ein Gefühl dafür zu bekommen.

Er hebt die Lider.

- Du hast recht. Das ist ein federleichter Pinsel.

Daria zupft an seinem Ärmel.

- Wenn wir dir zuschauen, fällt uns etwas auf.

Esra tippt auf seine Schulter.

- Du hast Talent.

Quandt räumt ein.

- Das könnte schon sein.

Er gibt Huch den Pinsel.

- Aber das Malen überlasse ich dir.

Huch tunkt ihn in die Farbe.

- Womit fange ich an?

Daria legt ihm die Hand aufs Kreuz.

- Ich wünsche mir einen Kreis.

Quandt reckt den Arm.

- Das ist eine einfache Figur. Sie gelingt fast von allein.

Esra schubst ihn leicht.

- Trotzdem braucht es viel Feingefühl.

Huch fährt mit dem Pinsel über die Leinwand.

- Hier wäre der Kreis! Jetzt könnt ihr ihn aus jedem Blickwinkel betrachten.

Daria verdreht den Hals.

- In einem Kreis bleibt die Zeit buchstäblich stehen. Wie bringen wir sie zum Laufen?

Quandt verlagert sein Gewicht von einem Fuß auf den anderen.

- Wir benötigen eine neue Farbe.

Esras Blick fällt auf Huch.

- Vorher solltest du den Pinsel auswaschen. Hast du Wasser?

Ein Mann stößt dazu.

- Hallo, ich bin Nolan Flapp.

Er trägt eine Stoffhose und bringt ein Glas Wasser.

- Wollt ihr das Team möglichst klein halten?

Daria sieht ihn erwartungsvoll an.

- Nein, wir nehmen dich auf.